KB036733

어서오세요 베짱이도서관입니다

어서오세요 베짱이도서관입니다

박소영 글 그림

그물코

추천의 글

정보를 무한 접속할 수 있는 시대에 책은 무엇이고 도서관은 어떤 장소일까. 지성은 어떻게 존재해야 하는가. 베짱이도서관은 그런 물음에 구체적인 실천으로 응답해왔다. 배움과 소통이 맞물리는 관계, 이웃끼리 기대어 더 좋은 삶을 창조하는 기쁨이 그 공간에서 자라난다. 하지만 그것은 주민들의 자연스러운 의기투합만으로 이뤄진 것이 아니다. 공동체에 대한 저자의 심오한 열정과 세심한 정성이 지속 가능한 만남을 가능하게 했다. 손글씨와 그림으로 다채로운 이야기를 전하며 따스한 마음을 빚어내는 편지가 도서관의 주춧돌이 되었다. 우리는 이 책을 통해 평범한 일상 속에 비범한 존재를 잉태하는 씨앗을 만날 수 있다. 멋지게 늙고 싶은 동네, 아이 키우고 싶은 세상에 대한 상상으로 가슴이 뛰게 된다.

김찬호 성공회대 초빙교수, 『모멸감』 저자

베짱이도서관으로부터 잊을 만하면 아름다운 이야기 뭉치가 날아들었다. 책과 더불어 살아가는 이들의 숨결이 다채롭게 담겼다. 나만의 서재가 우리의 도서관으로 바뀌자, 책을 좋아하는 개미들이 몰려와 저마다 가장 편한 자세로 자리를 잡았다. 이 아담한 동네 도서관에서 책만 읽은 것은 아니다. 놀기도 하고 먹기도 하고 웃기도 하고 걷기도 하고 노래도 했다. 함께 어제를 어루만지고 오늘을 의논하고 내일을 꿈꿨다.

저자는 도서관에서 생긴 일들의 풍요로움을 책 안팎을 오가며 찾아내 쓰고 그렸다. 모아놓고 읽으니, 도서관에서 보낸 개미들의 5년이 얼마나 다정했는지 알겠다. 인생의 한 페이지를 펴고 만들고 덮을 때마다 뿌듯함과 함께 아쉬움과 그리움이 쌓이듯, 도서관도 마찬가지라는 것을 이 책은 멋지게 증명했다. '내 마음의 도서관'이 충분히 되고도 남겠다.

김탁환 소설가

세상에는 하루에도 수없이 많은 책들이 쏟아져 나옵니다. 영화와 음악과 다른 것들도 마찬가지입니다. 우리는 이 많은 것들을 모두 보고 느낄 수 없습니다. 그래서 스스로와 인연이 닿은 그것과의 깊이가 중요합니다. 어린 시절 수도 없이 반복해서 보았던 책을 버릴 수가 없듯이 말입니다. 마음에서도 버릴 수 없죠.

박소영 작가는 베짱이도서관에서 그런 인연을 만들었습니다. 그 공간에서 만난 책과 인연들을 사람들은 영원히 간직할 것입니다. 박소영 작가는 투박한 마산 말씨를 가졌지만, 행복이 무언지 잘 아는 사람 같습니다. 세상에 많은 것을 가져도, 만약 모든 것을 가진다고 해도, 혼자서는 행복해질 수 없다는 사실을 말입니다. 그래서인지 신비롭게도 그의 곁에는 좋은 사람들이 모여듭니다. 그리고 함께 행복을 만들어갑니다. 언젠가 베짱이도서관에 들른 저는 그 모습들에 깊은 감명을 받았습니다. 무얼 좇아 달리는지 몰라 마음만 바쁜 저는 나중에서야 박소영 작가의 믿음을 깨달을지도 모릅니다. 함께 그리고 진정 원하는 길을 갈 때 행복해진다는 믿음을 말입니다.

투박한 대구 말씨를 가진 만화가 김수박

박소영과의 인연은 이십삼 년 전으로 거슬러 올라간다. 대학시절 락밴드 동아리에서 만난 우리는 기타와 드럼을 치며 음악에 대한 사랑을 키워나가는 한편, 헬렌 니어링이나 헬레나 노르베리-호지 등을 읽으며 이상적인 공동체에 대한 꿈을 나누곤 했다. 그로부터 세월이 흘러 열정을 가졌던 그 시절의 세목들에 관한 기억도 희미해져 가던 어느 날 박소영은 서재 도서관을 열었다는 소식을 전해 왔다. 그 멀고도 작은 마을의 그 멀고도 작은 도서관에서 이루어지는 일들을 하나하나 지켜보면서 나는 박소영이 이십 대 시절부터 꿈꾸어왔던 어떤 삶, 사람이 사람으로 사람답게 사는 일이 무엇인가에 대한 고민을 그 자신만의 방식으로 꾸준히 실천하고 실현해 오고 있음을 알게 되었다. 이 책은 그 작은 서재 도서관의 지난 5년 동안의 소소한 일상을 담고 있다. 한 권 한 권의 책을 통해 이루어지는 사람과 사람 사이의 이 교류와 나눔이 작은 감동을 주는 이유는 바쁘게 흘러가는 지금 여기 이곳에서 잊고 있거나 잃고 있었던 것이 무엇인가를 새삼 자각하게 해 주기 때문이다.

아름다움이 아름다움을 불러들이듯 사람과 사람이 이 작은 도서관으로 모여들게 된 이유는, 무엇보다도 박소영이 아무것도 주장하지 않고 계획하지 않고 통제하지 않기 때문이다. 그저 작은 공간 하나를 마련해 놓고 공기와 공기가 드나들듯이 마음과 마음이 자유롭게 드나들도록 숨구멍을 내주는 것. 그저 수용하고 허용하고 포용하는 것. 그리하여 낯선 이웃들이 하나 둘 모여 친구가 되고 함께 나눌 수 있는 가치와 보람이 무엇인지를 서로가 서로에게 증명해가는 일. 박소영은 그렇게 어려운 일을 허허실실 웃으면서 어렵지 않은 듯 이어나간다.

뜻을 같이하는 어른들이 만들어가는 공동체로서의 역할과 함께 이 작은 서재 도서관이 또 하나의 울림을 주는 것은, 이곳을 놀이터 삼아 드나들었던 어린 아이들이 간직하게 될 정서적인 경험의 자장에도 있다. 작년 11월. 그 늦가을의 저녁. 이미 해가 져서 어둑어둑해진 서재 도서관을 찾았을 때. 그 도서관 한 구석에서 혼자 책을 읽고 있던 열 살 남짓의 소년의 모습이 떠오른다. 온전히 책 속에 빠져 들어서 제 주위에 누가 오고 가는지도 모른 채 자신만의 세계 속에서 무한히 날아오르고 있던 소년의 모습. 그것은 바로 잊고 있었던 어린 날의 나였다. 누구와도 나눌 수 없는 충만함을 떠올려 볼 때. 자신이 얼마나 깊고 높은 세계를 헤엄치고 있는지도 모르는 채 그 모든 경계와 경계를 넘나들었던 그 시간들을 떠올려 볼 때. 그렇게 도서관에서의 몰입의 시간들이 내게 어떤 영향을 미쳤는지를 다시금 생각해 볼 때. 이 작은 서재 도서관의 기억이 그 열 살 소년을 어디로 데려다 줄 것인지를 생각하면 새삼 마음이 벅차오른다.

이렇게 과거에서 미래로, 미래에서 과거로, 다시 이전과 다른 과거에서 미래로. 작은 시골 마을의 작은 서재 도서관이 어쩌면 그곳을 오가는 사람들조차도 미처 다 헤아릴 수 없이 크고 넓은 미지의 세계로 그들 자신과 그 이웃들을 데려가고 있는지도 모른다는 생각. 마음으로 조용히 응원할 수밖에 없는 이유다.

이제니 시인

차 례

서재 도서관 '책읽는베짱이'를 열며

도시에서 살다가 결혼해서 경기도 퇴촌으로 들어와 10년을 살았습니다. 책을 좋아해 헌책을 모으던 남편, 그림책을 모으던 저는 막연히 책이 있는 공간, 책으로 이웃과 소통하는 공간을 바랐는데 최근 들어 생각으로 그치기보다 생각이 흐르는 대로 삶을 이끌어 보고 싶었습니다. 기왕이면 아이들과 함께 갈 수 있는 편안한 곳이면 좋겠다는 생각과 더불어서요. 북카페나 책방은 왠지 자신이 없었고 그래서 그냥 도서관을 열기로 마음먹었습니다.

이름 하여 서재 도서관! '서재 도서관'이란 우리 집 서재를 오픈해서 만든 도서관이란 뜻입니다. 그래서 책도 제가 좋아하는 그림책과 자연환경, 예술, 인문, 교육과 관련된 책들이 많습니다.

작은 공간이기에 책의 양을 늘리기보다는 좋은 책을 한 권 한 권 고르는 데 집중할 것입니다. 그리고 우리 동네의 소중한 자산인 역사, 문화,

환경과 생태에 관한 자료들도 하나씩 모아가려 합니다. 작은 도서관이지만 큰 도서관을 축소해 놓은 듯한 '작은' 도서관이기보다는, 우리 마을만의 삶과 이야기가 담긴 '작지만 큰' 공간을 만들어 가고 싶습니다.

지금은 개인 서재로 시작하지만, 많은 분들의 이야기가 더해지면 언젠가 '마을 서재'가 될 것이라고 생각합니다.

무슨 일이든 스스로 '즐거움과 보람', 이 두 가지가 있어야 지속할 수 있다고 생각합니다. 아이들 책을 읽어 주는 일도 좋고, 어른들 책 모임도 좋습니다. 무엇이든 도서관에서 함께 해 보고 싶은 일이 있는 분은 흔쾌히 마음을 나눠 주시면 좋겠습니다.

베짱이 편지 1

11월 8일, 서재도서관 책읽는 베짱이 개관식이 있었습니다. 생각보다 많은 분들이 오셔서 축하해주셨는데, 무엇보다 특별한 사람들이 만드는 무대가 아닌 내 이웃, 마을 아이들의 연주와 노래가 참 좋았습니다. 앞으로 도서관에서 동네 주민들의 공연이나 전시회를 종종 열면 좋겠다고 생각합니다. 그럴 때마다 우리가 가진 재능을 보기 보다 이 작은 공간에서 서로를 북돋아주며 함께 성장해 나갈 수 있다면… 그래서 좀더 삶을 풍부하고 즐겁게 살아갈 수 있으면 좋겠습니다. 태어나 처음 '개관식'이라는 큰 행사를 준비하고 치르는 동안 절대 혼자서는 할 수 없는 일이라고 느꼈고 그만큼 많은 분들의 도움이 있어 잘 마무리 할 수 있었습니다.
도움 주신 많은 분들께 진심으로 감사드리며 앞으로도 지속적인 관심과 격려, 응원 부탁드립니다.

남편이 쓰고 제가 그린 〈풀꽃 편지〉 책이 출간되었습니다.
책이 나온 기쁨도 크지만 책이 만들어지기까지의 과정… 지나온 무수한 기억들을 더듬어 글을 쓰고 어떻게 그려볼까 고민하던 많은 밤, 두근거리는 심정으로 했던 원고투고, 도시 아닌 진짜 시골에서 시골삶을 살아가며 환경생태책들을 만드는 그물코출판사와의 인연, 출판사가 있는… 작지만 따뜻한 홍동 마을과의 만남 등 책이 만들어지기까지의 그 시간들이 참 행복했습니다.
열매 하나를 맺기 위해 봄부터 싹을 틔우고 꽃을 피워내는 시간들이 소중하듯 우리 삶도 마찬가지겠지요.

농촌 아이의 달력

안도현

1월은 유리창에 낀 성에 긁는 달
2월은 저수지 얼음장 위에 돌 던지는 달
3월은 학교 담장 밑에서 햇볕 쬐는 달
4월은 앞 산 진달래꽃 따 먹는 달
5월은 올챙이 뒷다리 나오는 것 지켜보는 달
6월은 아버지 종아리에 거머리가 붙는 달
7월은 매미 잡으러 감나무에 오르는 달
8월은 고추밭에 가기 싫은 달
9월은 방아깨비 허리 통통해지는 달
10월은 감나무 밑에서 홍시 조심해야 하는 달
11월은 엄마가 장롱에서 털장갑 꺼내는 달
12월은 눈사람 만들어놓고 발로 한 번 차보는 달

안도현 시인의 동시를 읽습니다.

지금은 '눈사람 만들어놓고 발로 한 번 차보는 달'이네요. ^^ 우리 퇴촌 아이들에게도 해당되는 이야기들이 제법 있는 걸 보면, 제가 결혼해 처음 들어와 살 때와는 많이 변하긴 했지만 여전히 이 곳이 시골은 시골인가 봅니다. 아이들과 함께 우리 동네 달력을 한 번 만들어 봐도 재미있을 것 같습니다.

얼마전에 첫 눈이 내렸는데 어른이 된 저는 속으로 '퇴촌의 기나긴 겨울이 드디어 시작이구나. 올해는 또 얼마나 많은 눈이 오려나' 하고 걱정을 했는데 그날 도서관에 있던 아이들(큰 아이나 작은 아이나 할 것 없이)은 모두 마당에 나가 뛰어 놀았고 오히려 눈이 쌓이지 않았다고 툴툴거렸답니다. 해마다 우리 동네에는 눈이 많이 내리는데, 그럴 때마다 좋아하고 반겼던 아이들의 모습을 떠올립니다. 도서관 앞마당에서 친구들과 눈사람을 만들겠다고 눈이 펑펑 내리기를 기다리는 아이들을 보며 저도 올해는 유난히 눈이 기다려지네요. ^^

<다 다른 노래, 다 다른 아이들 - 백창우, 보리>

다 다릅니다. 세상에 노래가 많이 있지만 자세히 보면 다 다릅니다. 뭐 조금 비슷한 노래가 있을 수 있지만 세상에 똑같은 노래는 없습니다. 다 다릅니다. 세상에 아이들이 많이 있지만 자세히 보면 다 다릅니다. 뭐 조금 비슷한 아이가 있을 수는 있지만 세상에 똑같은 아이는 없습니다. 쇠별꽃이든 애기똥풀이든 쏘가리든 모래무지든, 그 무엇이든지 살아 있는 것들은 누구나 다 다릅니다. 노래가 다 똑같거나 비슷비슷해진다면 참 안타까운 일입니다. 아이들이 다 똑같거나 비슷비슷해진다면 참 불행한 일입니다. (머리말 중에서 …)

홍대 앞에서 하는 백창우 포크콘서트를 다녀왔습니다.
콘서트 도중 백창우씨가 한 말씀이 마음에 남습니다. "저처럼 노래 못하는 사람도 노래를 할 수 있다는 걸 보여주기 위해 나는 아직도 노래를 합니다"라는.
노래를 잘 하는 사람만이 노래를 할 수 있고, 그림을 잘 그리는 사람만이 그림을 그릴 수 있는 것이 아닌데… 생각해보면 우리 어렸을 적에는 곧잘 노래도 부르고 춤도 추고 흙바닥에 아무렇게나 그림을 그리며 '그냥' 놀았을 텐데 점점 자라면서 못한다고 여기는 것들이 더 많아진 것 같습니다. '잘' 하는 것과 '즐겁게' 하는 것은 다른 문제일 텐데 우리는 '잘' 하지 못한다고해서 쉽게 포기해 버리곤 합니다.
어쩌면 비슷비슷하게 생각하고 표현하도록 길러지는 우리 교육 환경이 우리를 그런 틀속에 가두어 버린 것 같아 안타까운 생각이 듭니다.
도서관에서 아이들을 만나며 '다 다른 아이들'이란 말을 실감합니다. 우리 어른들이 각자의 삶을 재미있게 살아간다면 아이들도 그렇게 살아갑니다. 비슷비슷해지지 않고 주눅들지 않고 일상에서 행복을 발견하는 눈을 가지리라 생각합니다.

돌담 사이로 찬바람이 스며들었습니다. 들쥐들은 누구 하나 재잘대고 싶어하지 않았습니다. 그러던 들쥐들은, 햇살과 색깔과 이야기를 모은다고 했던 프레드릭의 말이 생각났습니다.
"네 양식들은 어떻게 되었니, 프레드릭?"
들쥐들이 물었습니다.
프레드릭이 커다란 돌 위로 기어올라가더니,
"눈을 감아 봐. 내가 너희들에게 햇살을 보내줄게.
찬란한 금빛 햇살이 느껴지지 않니……."
했습니다. 프레드릭이 햇살 얘기를 하자, 네 마리 작은 들쥐들은 몸이 점점 따뜻해지는 것을 느낄 수 있었습니다.
프레드릭의 목소리 때문이었을까요?
마법 때문이었을까요?

그림책 '프레드릭'(레오 리오니, 시공주니어)을 읽습니다.
개관하기 전, 한참 도서관 이름을 뭘로 지을까 고민하던 때 이 그림책이 떠올랐습니다.
"색깔은 어떻게 됐어, 프레드릭?"
들쥐들이 조바심을 내며 물었습니다.
"다시 눈을 감아 봐."
프레드릭은 파란 덩굴꽃과, 노란 밀짚 속의 붉은 양귀비꽃, 또 초록빛 딸기 덤불 얘기를 들려주었습니다.
들쥐들은 마음속에 그려져 있는 색깔들을 또렷이 볼 수 있었습니다.

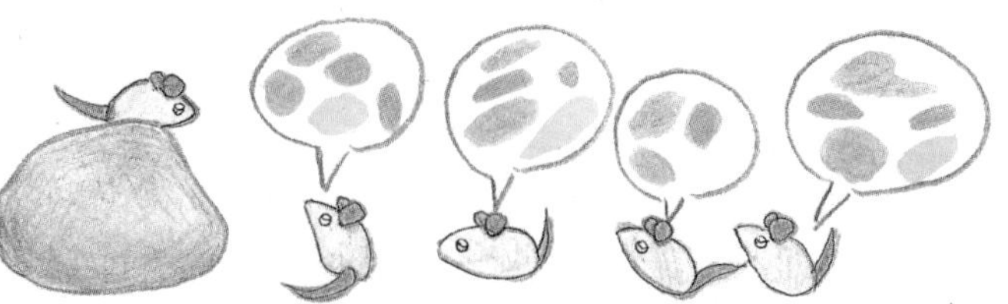

베짱이도서관이 우리 마을의 '프레드릭' 같은 존재가 되면 좋겠습니다. 특별한 프로그램이 있거나 무언가를 꼭 해야만 빛이 나는 공간이 아니라 이 곳에 드나드는 사람들, 그 속에서 자연스럽게 따뜻함과 이야기와 햇살을 느낄 수 있는 공간.
세상의 지혜들이 모여 숨쉬는 책들과, 곁에서 함께 살아가는 이웃을 만나 서로의 삶을 나누고 향유할 수 있는 공간이 되기를 바랍니다.

〈도서관 소식〉

- 12월 10일, 오전 10시 박희준 선생님을 모시고 몸살림 운동에 관한 특강을 엽니다.

- 12월 23일 오후 3시, 아이들과 재미나게 한 해를 마무리합니다. 애니메이션 '눈사람 아저씨'를 본 후 풍선으로 이것저것 만들어 놉니다.

- 12월 24일~1월 1일 도서관 겨울 방학을 합니다. 그동안 베짱이답지 않게, 너무 열심히(?) 일했기 때문에 잠깐 쉬면서 새해의 먹거리를 생각해볼까 합니다. ㅎㅎ

- 아이들 방학기간 동안 도서관에서 실뜨기, 종이접기, 대바늘뜨기, 책읽어주기, 영화보기 등을 하려고 합니다. 자세한 계획은 다시 알려드리겠습니다.

- 새해에는 '낭독이 있는 가족 음악회'를 계획하고 있습니다. 책의 장르와 상관없이 내 마음을 울린 책 속의 구절(단 한 줄의 문장이라도 좋습니다)을 낭독하고 조촐하게 가족 음악회를 열려고 합니다. 이웃들과 함께 만들어가는 따뜻한 공간을 바라신다면 구경도 좋지만 직접 참여해보심이 어떨까요?
  노래도 좋고 악기연주, 난타 … 뭐든 괜찮습니다.
  많은 가족들의 참여를 기다립니다.

- 그림책 읽는 어른들의 모임을 하려고 합니다. 관심있는 분들의 참여를 바랍니다.

- 책을 수기로 빌려드리고 있습니다만, 반납이 잘 되지 않고 있습니다. 그 책을 기다리는 분들도 있으니 어여어여 보시고 반납해주시면 감사하겠습니다. ^^

- 서재도서관 '책읽는 베짱이'는 우리 마을만의 이야기가 담긴 '마을서재'를 지향합니다. 그래서 새해부터는 '우리동네 OOO님의 서재' 전시를 하려고 합니다. 일정기간 책을 전시한 후 개미친구님들과 함께 모여 그 책에 관해 이야기를 듣고 나눌 수 있는 시간을 가지면 좋겠습니다.
  동네이웃의 관심사를 알고, 어찌 보면 책보다 더 귀한 인생사를 들을 수 있는 좋은 기회가 될 것 같습니다.

도서관을 열기까지 많은 도움 주신 분들 ~* (존칭은 생략합니다)

최진옥, 원경재, 유승희, 유소현, 유명희, 유미현, 장서진, 강영옥, 임우영, 박양숙, 박치섭, 김순자, 심옥자, 유진택, 박찬일, 안준철, 유승표, 지인, 김기홍, 김해순, 김도식, 이보영, 김은영, 김태엽, 도정선, 심경진, 안병권, 김홍모, 오유경, 김미숙, 김상숙, 전선혜, 장성규, 김경희, 김인태, 조대성, 임재윤, 한창섭, 박은경, 강성아, 최태은, 김은섭, 조용미, 김옥례, 임미정, 황해경, 신우영, 김윤희, 장래화, 천혜경, 사윤희, 이지영, 황금숙, 서지선, 유순덕, 설정민, 안현숙, 나하나, 김상재, 정숙자, 신선이, 김재은, 이지나, 김원기, 김지인, 이현철, 조아라야, 주영민, 이명란, 함형숙, 정진혁, 조해진, 이상우, 용인 느티나무 도서관, 광주 두꺼비네집 어린이 도서관, 파주 꿈꾸는 교실 어린이도서관, 그물코출판사, 고흥 사진책도서관, 블로그 이웃 맑은날, 들꽃, 하루소풍, 곰순이, 소미, 반찬, 딩구리, 솔내음, 숲의 여인, 스며들다, 하얀종이, 영광아침, 해림, 너럭바위

책읽는 베짱이를 든든히 받쳐주시는 개미친구님들입니다.

개미친구님들 덕에 아이들이 따뜻한 공간에서 책 보며 쉬고 놀 수 있습니다. 감사합니다! ^^

장원성, 김도숙, 김도훈, 김은영, 이보영, 나하나, 박양숙, 임우영, 임미정, 서지선, 손혜경, 장래화, 유순덕, 천혜경, 천안나, 신선이, 이지영, 강영옥, 장서진, 김윤희, 김람, 사윤희, 윤보경, 강성아, 박은경, 정숙자, 김옥례, 임광식, 장혜정, 장유정, 서윤미, 박치섭, 김재은, 박정민, 한금옥, 안현숙, 한창섭, 안선영, 강영희

함께 하는 단체 : 퇴촌남종 생활문화네트워크,
동네출판사 '우리 세상'
그물코출판사

★ 서재 도서관 책읽는 베짱이 후원계좌입니다.
농협) 352-0660-7651-03 박소영
매달 챙기기 번거로우신 분들은 은행에서 자동이체를 신청해주셔도 좋습니다. 고맙습니다. ^^

즐거운 일터

도서관에 아이들이 옵니다. 학교 마치면 버스를 타고 추위에 언 손을 호호 불며 빨알간 얼굴로 도서관에 옵니다.

개관식 하고 20일째, 도서관은 이제 저의 일상이 되어 갑니다. 도서관에 들어오는 분들이 밝은 얼굴로, 좋은 마음으로 저를 보며 인사해 주시니 저도 고마운 마음, 따뜻한 마음으로 마주하게 됩니다. 서로 긴 말은 섞지 않아도, 사람과 사람이 서로 좋은 마음으로 주고받는 인사에서만도 긍정적 기운을 느낍니다. 그것이 사람을 참 힘나게 한달까요?

어느새 눈도 내리고 본격적인 겨울로 접어들자 바깥에서 뛰어 놀던 아이들이 안에서 뒹굴뒹굴 책 보며 노는 시간이 늘어났습니다. 마루에 창문이 없어 불만이었는데, 추운 겨울이 되니 그 덕을 봅니다. 외풍이 없이 훈훈해서 아이들이 마루에 배 깔고 엎드려 책 보기 참 좋습니다.

아무리 추워도 바깥에서 잠깐이라도 뛰어 놀아야 집에 돌아가는 아이들. 나뭇가지 하나만 가지고도 몇 시간 노는 아이들을 보며 마당이 넓고 주위로 차가 안 다녀서 얼마나 좋은지요. 신나게 뛰어노는 아이들을 볼 때마다 이곳을 참 잘 얻었구나 싶습니다.

바깥에서 아이들 뛰어 노는 소리, 안에서 도란도란 책 읽어 주는 소리, 잔잔한 음악 소리. 도서관을 운영하며 자주 듣는 이 소리들이 한데 어우러질 때는 금세 행복해집니다. 한쪽 소파에 앉아 책을 보다 깜빡깜빡 조는 어른들 모습도 한 번씩 보는데, 그럴 때마다 덩달아 제 눈꺼풀도 무거워집니다.

사람들이 많이 오는 날에는, 이분들이 제 서재 도서관에 부러 찾아와 주어 반갑고 고맙습니다. 찾아드는 이 없이 조용한 날에는 그래서 또 좋습니다. 그럴 때는 수많은 책 친구들 중 하나를 붙들고 아무데나 앉아 읽기도 합니다. 그러다 보면 하루 종일 시의 길 속에서 헤맬 때도 있고, 책 속 구절을 따라 여행을 하기도 하며 머릿속으로 자유롭게 상상의 나래를 펼칩니다.

도서관이라는 공간 속에 있지만 책 친구들 덕에 영혼은 자유로운 셈. 어쨌거나 앞으로 외롭거나 심심하지는 않겠습니다. 도서관 손님들과 책들이 좋은 벗이 되어 줄 테니까요.

아이들 스스로 즐겁게 그린 솜씨로 도서관 구석구석이 조금씩 풍성해지고 있습니다. 어른들의 잣대로 잘했다 못했다 하지 않으면, 아이들은 누구나 화가가 됩니다.

문을 연 지 얼마 안 되었지만 참 다양한 사람들을 만납니다. 순수한 마음과 열정으로 첫발을 잘 내딛었다면, 이제부터는 용기 있게 성큼성큼 걸어가 보면 되겠지요. 책 친구들 가득한 즐거운 일터에서 오래도록 아이들과 함께 좋은 추억 많이 만들고 싶습니다.

베짱이 편지2

허구렁 속 빠져나가
비로소 제 무게로
제 세상으로 내려앉는
묵은 것들.
새것 온다. 햇것이 온다
반가이 튀어 오르며
흔쾌히, 가운데 자리 내주며
비켜 앉는, 더
묵은 것들.

2014년 새해가 밝았습니다.
올 한 해는 베짱이 도서관에 어떤 아이들이 찾아올지 어떤 책빛이 아이들 삶 속으로 스며들지 궁금합니다. 아이들의 건강한 몸짓, 환한 웃음 가득한 한 해가 되기를 소망합니다.
새해 아침에 읽는 윤제림의 시, 제목이 궁금하지 않으신가요? ^^
(힌트: '한 글자'를 떠올리는 계실 분들이 많을 것 같은데 '한글자'는 아닙니다. 제목은 소식지 제일 뒷면에~~~ 히히)

'호야의 썰매타기'라는 그림책을 봅니다.
표지그림처럼 지금같은 겨울철이면 한창 동네 여기저기 원정을 다니며 신나게 눈썰매를 타야할 퇴촌아이들이 이 기나긴 방학동안 썰매도 안타고 뭐하고 있을까 생각을 해 봅니다. 도서관 앞마당 눈 쌓인 작은 흙더미에서도 눈썰매를 재미있게 타는 아이들인데 한 번 펑펑 눈이 온 뒤로는 눈이 오지 않아 하늘이 밉기도 하겠지요.

함께 살기

경기도 분당에 있는 그림책 문화 공간 '노리(NORI)'에 다녀왔습니다. 책방지기 이지은 님은 그동안 1층에서 그림책 전문 책방을 하다 최근에 2층도 얻어 그림책 도서관을 열었다고 합니다. 운영한 지 세 해 되었다는데 말씀을 들어 보니 아직 한 달밖에 안된 저도 공감 가는 이야기가 많았습니다. 혜택이 많아 거의 온라인 서점에서 책을 사는 현실에서 도서정가제로 책을 팔았다니…. 대단해 보이면서 한편 존경스러웠습니다. 저도 그렇게 잘 이어갈 수 있을까요? 1년, 2년, 3년… 지금은 상상이 안됩니다.

좋은 책을 만나면 언제나 설렙니다. 예전에는 그 기쁨을 혼자 누렸는데 이제는 도서관에서 쿡쿡 웃어가며 책 보는 아이들 얼굴이 떠올라 책 사는 일이 더 즐겁습니다. 아이들이 좋아할 만한 책을 만나면 신이 납니다. 어려운 주머니 사정도 생각해야겠지만, 들여놓은 책을 아이들이 재있게 읽는 걸 보면 일단 기분이 좋은 걸 어쩌겠습니까.

'노리'에 가서 보니 후원자들 이름을 붙여 놓았길래, 저도 오자마자 문방구에서 재료를 사다 만들어 한쪽 벽에 붙였습니다. 서재 도서관 책읽는베짱이를 밀어 주시는 개미 친구들 이름을 하나하나 써 보다가 이분들이 보내 주시는 후원금의 의미를 곰곰 헤아려 보았습니다. 아마 가장 큰 뜻은 마을에서 아이들을 함께 키운다는 마음이지 않을까요?

아이들은 어른들이 만든 환경 속에서 자랍니다. 이 작은 도서관에서 좋은 책들로 아이들 마음 밭을 살찌우는 일을 할 수 있다고 생각합니다. 내 아이뿐 아니라 마을 아이들 마음 밭을 튼튼하게 하는 일에 뜻을 함께 하는 분들이 도서관 친구가 되어 주고 계실 것입니다.

한 분 한 분 고마운 이름들을 적으며 이렇게 따순 마음을 먹고 크는 아이들은 언젠가 마음속에 꽃 한 송이 피우지 않을까, 빛나는 별 하나 가슴에 품고 살아가지 않을까 싶은 생각이 들었습니다.

아이들이 도서관에 오니 자연스레 어른들도 만납니다. 우리 동네 분원초등학교, 도수초등학교, 푸른숲학교… 관음리, 광동리, 도수리, 원당리, 금사리 이웃들이 만나 서로 인사하고 이야기를 나눕니다. 도서관이란, 책으로 마을에서 '함께 살기'가 큰 뜻이 될 수 있지 않을까요? 지난 12월 11일에 보낸 소식지들은 오늘이면 거의 다 닿을 것입니다. 다음 소식지에는 개미 친구들에게 어떤 우표를 붙여 보낼까 생각하니 마음이 두근거립니다.

내 몸이 글을 밀고 나가는 느낌

베짱이도서관 첫 번째 소식지를 만들면서 서너 시간 책상에 앉아 글을 쓰고 지우기를 되풀이하며 잊고 지내던 느낌이 살아나는 듯한 기분이 들었습니다. 예전에는 누군가에게 편지 쓰는 일이 퍽 자연스러웠는데 지금은 아주 특별한 일이 되어 버렸구나 싶기도 했구요. 무엇보다 오랜만에 "내 몸이 글을 밀고 나가는 느낌(김훈,『밥벌이의 지겨움』)"이 신선했습니다. 소식지 봉투에 우표를 붙여 보내는 일도 모처럼 즐거운 과정이었고요. 170원짜리 우표를 붙였던 기억이 있는데 지금은 일반 우표가 300원이 되었네요.

앞으로 나올 소식지, 서툴고 글솜씨도 많이 모자라겠지만 그냥 누군가가 마음을 담아 보내는 손 편지라고 생각해 주시면 고맙겠습니다.

베짱이 편지3

'실뜨기놀이' 전날
아이들에게 실뜨기를 가르쳐 줄
어른들이 미리 모여
연습을 했다.
그 날의 대화.

작년에는 별거 별거 다 할 줄 알았는데 이제 하나도 기억이 안나나?

이래가지고 내일 하겠나? ㅋㅋ

사다리 모양 좀 아줌마한테 가르쳐줘. 어려운 거 말고 쉬~~~~ 운걸로.

치매예방에 좋겠군. ㅎㅎ

그러게요

애들이 더 잘하네 우리는 쉬운거 몇개만 하고 어려운 거는 애들한테 넘기자.

어! 은영이 수영된다. 와~ 그런데 아까 배운거 다 까먹었네. 에이~

그러라도 외워둬

그래그래 애들선생 시키자

아이들은 본디 '노는 존재'들이라
놀이를 몸으로 기억하고 받아들이지만
어른들은 머리로 외우려니 잘 안되는지도... ㅅㅅ

도서관의 존재 이유

지난 수요일 낮에는 아이들과 실뜨기 놀이, 저녁에는 어른들 강의를 했습니다. 아이들에게 가르쳐 줄 실뜨기를 미리 해 보자면서 하루 앞서 엄마들이 모였는데, 생각이 잘 안 나 허둥지둥. 결국 옆에 있던 아이들에게 다 배웠습니다.

어른들이 아이들에게 놀이를 가르쳐 준다는 것이 처음부터 말이 안 되는 소리였을까요? 실뜨기 사이사이 같이 노래도 부르며 참 재미나게 놀았는데, 아이들이 평소보다 더 신나하는 걸 보며 역시 무슨 놀이든 여럿이 함께 놀아야 재미가 있구나 싶었습니다. 이제 날 풀리면 마당에서 실컷 놀아라 아이들아!

이번 주부터 드디어 베짱이도서관의 야심작, '우리 동네 000 님의 서재' 전시회를 시작했습니다. 원당리 의석이네서 처음을 열어 주었습니다. 동화작가 권정생 책들이 많고 박원순 서울 시장 책도 보입니다. 그와 같이 일했던 의석아빠 삶이 들어 있습니다. 의석이네는 책을 서른 권 가져왔는데, 단 한 권이어도 좋다고 생각합니다. '내 인생의 책' 한 권. 한 달 전시를 하고 나면 함께 모여 책 이야기를 들을 생각입니다. 도서관 한 쪽에 마을 이웃 서재가 들어와 있으니 왠지 더 포근해진 느낌이네요.

이렇게 이웃의 삶과 이야기를 차근차근 만나게 될 테지요. 생각해 두었던 '우리 동네 역사 문화 책꽂이'도 슬슬 갖추어 볼 생각입니다. 마을의 역사 문화에 관한 그림책을 좀 모아뒀는데, '지역 책꽂이'를 마련하면 그곳에 하나씩 모아 봐야겠습니다.

골목 학교가 사라진 요즈음, 따로 놀던 아이들이 이곳에서 함께 모여 놀고, 좋은 분 모셔서 강의를 들을 수 있어 기쁩니다. 마을에서 가까이 사는 이웃의 삶을 들여다 볼 수 있어 좋습니다. 하지만 어려운 아이들, 이웃의 마음 아픈 소식도 조금씩 알게 됩니다. 따숩게 보살핌 받으며 자라는 아이들도 있지만, 그렇지 못한 아이들도 꽤 많다는 걸 알게 되었습니다. 그리고 우리 동네가 그런 면에서 얼마나 열악한지도…. 엄마 아빠는 일 나가시고 몸이 편찮은 할머니와 곧잘 도서관에 오는 아이가 있는데, 처음에는 조용히 책만 보더니 요즘에는 인사도 크게 하고 도서관에 있는 동생들과도 잘 어울리며 제법 밝아진 모습입니다. 아이 마음에 도서관이 사람 온기로 따스하게 다가가기를…. 정말 그럴 수 있다면 이 하나만으로도 도서관의 존재 이유는 충분하지 않을까요?

베짱이 편지 4

도서관을 열자마자 겨울이 되었는데 드디어 봄입니다.
봄이 되니 날마다 햇살 좋은 길을 걷고 산으로 들로 나물 캐러 다니고 싶은 마음이에요. 이 봄, 아이들은 대부분 새교실, 선생님을 만나고 누군가는 정든 학교를 졸업하여 새로운 학교에서 새학기를 맞이합니다. 올해로 고등학생이 된 조카가 3년전 초등학교 졸업식을 하던 때가 생각나네요. 조카는 오랫동안 함께 했던 친구들, 선생님과 헤어져서 아쉽고 섭섭한 마음에 눈이 퉁퉁 붓도록 울었는데 그런 조카를 달래며 저도 괜시리 눈물이 나 혼났던 기억도 떠오릅니다.
조카의 졸업식이 제게 특별하게 기억되는 이유는 그 날 교장선생님이 읽어주신 한 졸업생의 시가 아직도 마음에 남아있기 때문입니다.

눈

첫 눈이 오던 날
혹시 차가 미끄러지지는 않을까?'
운전하시는 엄마생각에
잠을 못 이루었다.

다음날 아침 쌓인 눈을 보고
걱정 반 기쁨 반으로 학교에 갔다.

발로 쿵쿵 밟고 눈을 뭉쳐 던지며
내 걱정을 싹 날려버렸다.

중국에서 오신 아이의 엄마는 대형버스 운전면허 자격증을 따서 광주에서 버스 운전을 하며 열심히 사는 분이었습니다.
매 해 아이들 졸업식 철이 다가올 때마다, 참 솔직하신 예쁜 마음이 담긴 아이의 시다, 졸업식 축사 대신 이 시를 읊겠다던 교장선생님이 시를 읊다 목이 메어 말을 잇지 못하던 모습이 함께 떠오릅니다.
마음이 고운 아이는 이제 제법 의젓한 고등학생이 되었겠네요.

살림살이

도서관을 연 지 벌써 넉 달이 되었습니다. 그동안 도서관 살림살이가 궁금하셨지요?

11월에는 개관식 날 들어온 후원금을 비롯해서 총 925,000원의 후원금이 들어왔고, 이 중 503,500원을 개관식 행사 비용과 도서관 책꽂이, 책, 물품 구입, 임대료로 썼습니다.

12월에는 505,000원의 후원금으로 도서관 임대료(11월)와 관리비, 물품 그리고 책 구입에 415,000원을, 1월에는 505,000원의 후원금에서 도서관 임대료 및 관리비(12월, 1월)와 우표, 책 구입에 771,600원을 썼습니다.

2월부터는 마루 외 방 하나 임대료 부담이 더 늘어나 걱정했는데, 특별 후원금을 포함해 682,000원의 후원금이 들어왔고, 그 중 615,000원을 지출했습니다. 2월 말 현재 332,260원이 남아 있습니다.

계산을 해 보니 달마다 들어온 후원금이 거의 딱 맞게 나갔고, 개관식 때 조금 남겨 두었던 후원금이 매달 이월되고 있습니다. 2월까지 도서관에서 구입한 책값 600,650원에서 412,140원은 후원금으로 지출했고, 나머지는 제가 보탰습니다. 그 달에 산 책 목록은 프린트해서 도서관 한쪽에 붙여 놓고 있습니다.

넉 달치 후원금과 지출 내역을 셈해 보면서, 미리 알았다면 이렇게 배짱 하나만 가지고 시작할 수 없었겠구나 싶은 생각이 들었습니다. 동시에 여러 이웃들이 하나 둘 손길과 마음을 보태어 지금껏 함께해 준다는 생각에 뭉클했습니다.

힘들고 마음 아픈 소식 가득한 세상이지만 그래도 아직 세상은 살 만하다는 걸 느끼고 싶어 도서관을 하게 됐는지도 모르겠습니다. 가까이 그리고 먼 곳에서 응원해 주는 개미 친구님들께 작은 지면이지만 고마운 마음 꾹꾹 눌러 담아 보냅니다.

베짱이 편지5

봄아, 오너라

이오덕

먼 남쪽 하늘
눈 덮힌 산봉우리를 넘고
따스한 입김으로 내 이마에
불어오너라.

양지쪽 돌담 앞에
소꿉놀이하던 사금파리 밑에서
새파란 것들아, 돋아나거라.

발가벗은 도토리들
가랑잎 속에 묻힌 산기슭
가시덤불 밑에서
달래야,
새파란 달래야, 돋아나거라.

종달새야, 하늘 높이
솟아올라라.
잊었던 노래를 들려다오.

아른아른 흐르는
여울물가에서
버들피리를 불게 해다오.
쑥을 캐게 해다오.

개나리꽃 물고 가는
노랑 병아리
새로 받은 교과서의
아, 그 책 냄새 같은
봄아, 오너라.
봄아, 오너라.

두꺼비와 베짱이

경기도 광주에서 3년 동안 많은 아이들에게 사랑 받았던 어린이 도서관 '두꺼비네집'이 지난해 12월 31일로 문을 닫았습니다. 제가 도서관을 열기 전인 지난해 늦여름 무렵, 그곳을 가 보고는 설레는 마음을 안고 집으로 돌아온 기억이 있는 곳입니다.

도서관을 열고 나서도 가까이에 자생 어린이 도서관이 잘 운영되고 있다는 사실에 마음 든든하기도, 앞으로 서로 힘 보탤 일 있으면 그렇게 해야지 생각도 했습니다.

문을 닫았다는 소식을 접하고는 마음이 쿵 내려앉는 느낌. 도서관 열고 넉 달째, 사설 도서관은 여러모로 어려울 수밖에 없겠다는 생각이 이제야 조금씩 드는데 그런 소식을 들으니 마음이 많이 무거웠습니다.

일주일 앞서 두꺼비네집에서 책과 책꽂이 벼룩시장을 열고 있다 길래 개미 친구와 같이 다녀왔습니다. 이참에 관장님 얼굴을 좀 뵙고 와야 할 것 같아서요. 가 보니 듬성듬성 남은 책과 책꽂이들이 쓸쓸히 새 주인을 기다리고 있고, 관장님은 많이 힘들어 보였습니다.

무슨 말로도 위로가 될 수 있을까 싶어 뭐라 말도 못 붙이고 있는데, 관장님이 책꽂이를 몇 개 사서 트럭을 부르면 책을 골라 그냥 가져가라고 하십니다. 벼룩시장으로 팔고 남은 책들은 '방과후 학교' 같은 곳에 주려고 했는데, 기왕이면 도서관에 기증하면 더 좋겠다고 하시면서요.

책 몇 권 사고 관장님 얼굴이나 뵙고 오려 했는데, 어쩌다 보니 책꽂이와 책을 한 트럭 싣고 왔습니다. 책꽂이 값은 후원금에서 조금씩 나눠 드리기로 했습니다. 제가 산 책꽂이보다 관장님이 이것저것 챙겨 주신 것들이 많아서 트럭 짐칸이 넘칠 정도였습니다. 덕분에 도서관 모습이 많이 바뀌었어요. 가져온 책꽂이들은 모두 두꺼운 원목으로 만든 것들이라 제가 산 책꽂이들과는 견줄 수 없을 정도로 튼튼합니다.

영어 원서와 좋은 동화책들도 많이 가져왔는데 책값을 좀 더 드려야 마음이 편할 듯 싶습니다. 베짱이도서관 곳곳에 두꺼비네집 도서관 책꽂이와 책들이 스며드니 더 따듯합니다. 보면 왠지 마음이 짠하기도 하지만, 언제나 이런 마음만 드는 건 아닙니다. 두꺼비네집 어린이 도서관이 그동안 아이들과 차곡차곡 쌓았을 이야기가 있고 그것이 결코 헛된 시간이 아님을 잘 알기에…. 두꺼비네집 어린이 도서관은 없어진 게 아닙니다.

아이들 마음에 오래도록 남아 있을 것이고, 책들은 곳곳으로 흩어졌지만 다시 어딘가에서 누군가의 삶에 말을 걸겠지요. 좋은 친구가 되었을 도서관이 문을 닫게 되어 아쉬운 마음은 이루 말할 수 없이 크지만, 도서관 곳곳에 놓인 두꺼비 표 책과 책꽂이를 보며 힘을 내 봅니다. 이 마음 잘 이어받아 아이들과 함께 즐거운 도서관이 되도록 더 마음을 써야겠다고.

베짱이 편지6

그림책 음악회 하던 날,
우리들의 사랑과 마음을 가득 담아
하늘로 띄워 올리다.

나는 혼자 돌아왔다. 나는 그날 밤 아버지가 그린 세상을 다시 생각했다.
아버지가 그린 세상에서는 지나친 부의 축적을 사랑의 상실로 공인하고, 사랑을 갖지 않은 사람 집에 내리는 햇빛을 가려버리고, 바람도 막아버리고, 전깃줄도 잘라 버리고, 수도선도 끊어버린다.
그 세상 사람들은 사랑으로 일하고, 사랑으로 자식을 키운다. 비도 사랑으로 내리게 하고, 사랑으로 평형을 이루고, 사랑으로 바람을 불러 작은 미나리아재비꽃줄기에까지 머물게 한다.

조세희, <난장이가 쏘아올린 작은 공> 중에서…

온갖 생명들의 노래로 가득찬 달, 4월에
채 피어나지 못한 어린 봄꽃들을 허망하게 보냅니다.
부디 그 곳은 아픔도 눈물도 상처도 고통도 분노도 없는
사랑으로 가득 찬 세상이기를……

아이들이 건네는 위로

있을 수도 없고 있어서도 안 될 일이 이 땅에 일어났습니다. 슬픔의 바다에 나라가 통째로 잠겨 버린 것처럼, 만나는 분들마다 그 아픔과 슬픔을 어찌할 수 없어 힘겨워하는 모습들. 저 또한 도저히 현실이라고 받아들이기 어렵습니다. 어떻게 이럴 수 있을까요. 시간은 흐르는데 모두 무기력하기만 합니다. 우리들 마음이 이럴진대 유가족 마음은 오죽할까요.

마을 모든 행사도 취소되었습니다. 도서관에서 하기로 했던 '그림책과 함께하는 동요 음악회'를 어떻게 할까 이웃들과 이야기 많이 나누었는데, 고민 끝에 일정대로 하기로 뜻을 모았습니다. 어쩌면 그 어느 때보다 지금 우리에게 필요한 자리, 시간이지 않을까 하는 생각에…….

4월 26일, 음악회 시간이 다가오자 아이들 하나 둘 모여 도서관 마루에 옹기종기 앉았습니다. 아이들이 알만한 우리 옛 노래 몇 곡을 함께 부르며 음악회를 열었습니다. 서윤미 님이 콘트라베이스 아름다운 선율로

'찔레꽃' 연주를 하는 동안 모두 마음을 가라앉히고 소망을 담아 글 쓰는 시간을 가졌습니다. 다 쓴 글은 도서관 안에 있는 자작나무에 매달기로 하고요.

첫 번째 준비한 그림책은 이원수 『고향의 봄』, 이 책은 김동성 작가가 그렸는데 그림이 무척 아름답습니다. 아이들 여럿이서 함께 부르는 이 노래는 그 자체로 감동이랄까요.

두 번째 그림책은 『아빠하고 나하고 만든 꽃밭에』, 이 책은 아동 문학가 어효선 동시에 권길상이 곡을 붙여 만든 동요 '꽃밭에서'를 모티브로 한 책입니다. 책에는 전쟁으로 아버지를 잃게 된 한 아이 이야기가 나오는데, 마지막에 엄마가 아이에게 해 준 말이 마음에 머뭅니다. "꽃이 피고 지는 동안은 아버지는 늘 우리와 함께 살아계신 거란다."

세 번째 그림책은 『엄마가 섬 그늘에 굴 따러 가면』, 김재홍 작가가 정성껏 그린 그림을 함께 보며 클라리넷으로 '섬집 아기' 연주를 시작했는데 아이들은 너나할 것 없이 노래를 따라 부르더군요. 집집마다 엄마들이 자장가로 많이 불러 주었겠지요.

1부가 끝나고 2부에는 아이들 시로 곡을 지은 백창우 아저씨 노래를 다 같이 불렀습니다. 노랫말을 나눠 줬더니 미리 연습해 본 아이, 하지 않은 아이 구분 없이 모두 즐겁게 불렀습니다. 3부에는 우리 전래 노래를 불렀습니다. 아이들이 "여우야 여우야 뭐하니?"를 했고 엄마들이 기꺼이 여우가 되었습니다. 마지막에 "죽었니 살았니?" 할 때 "살았다!" 하며 초콜릿을 던졌더니 아주 난리가 났습니다. 그렇게 음악회가 끝나고 푸짐한 간식 시간. 음악회를 함께 준비한 서윤미 님과 도서관 개미 친구 임우영 님 덕분에 아이들이 맛난 음식을 푸지게 먹었습니다.

아이들이 돌아가고, 자작나무에 매달린 책갈피 글을 읽어 보니 아무래도 세월호 이야기가 많습니다.

"우리는 독일 동화 『피리 부는 사나이』를 알고 있다. 하지만 그 동화의 교훈은 새기지 않고 살았다. 그 교훈은 이것이다. 약속을 지키지 않는 사회에선 아이들이 제물이 되고 만다."

어제 날짜 《한겨레》 기사 중 한 대목입니다. 어쩌면 우리 사는 세상에서 '희망, 정의, 평화' 같은 가치를 지키고 찾는 일은 꽤 어려운 일일지도 모르겠습니다. 사회 곳곳에 깊숙이 뿌리내린 어두움에 견주면요. 그래도 실낱같은 희망이라도 보인다면 빛이 있는 쪽으로 걸어가야 하지 않을까요? 우리에겐 아이들이 있으니까요. 다만 지금 이 고통과 슬픔에서 누구도 자유로울 수 없는 우리 어른들은 이 아픔을 결코 잊지 말고 마음과 지혜를 모아 가며 훨씬 더 단단해져야 할 것입니다.

아이들이 건네는 부드러운 위로의 노래가 마음속에서 한참을 맴돕니다. 이렇게 친구들과 어울려 즐겁게 노래하며 살아갈 수 있는 세상을 만들어 달라고.

도서관은 심심하다?

도서관 지붕 처마 밑에 새들이 삽니다. 아침마다 얼마나 시끄러운지 듣고 있으면 꼭 여중생들 꽉 찬 교실에 앉아 있는 느낌입니다.

볕이 따사로운 시간에는 마당으로 나갑니다. 등나무 아래 앉아 귀 기울여 듣는 새소리. 참새들 사이로 이따금 몸빛이 하얀 새도 보이는데 도서관에 있는 도감을 찾아봐도 잘 모르겠습니다. 여러 번 만난 친구인데 이름을 모르니 답답한 노릇이지만, 늘 제 눈과 귀와 마음을 사로잡는 녀석임은 분명합니다.

날이 좋으니 아이들은 책을 읽기보다 바깥에서 놀기 바쁩니다. 도서관 마당에서 흙 놀이, 술래잡기를 하거나 자전거를 타며 놀기도 하고 때때로 도서관 둘레 골목을 누비기도 합니다. 그러다 목마르고 지치면 들어와 물 한 잔 시원하게 들이켜고 다시 나가는 아이들.

겨울에는 아무래도 책 보는 아이들이 많더니 해가 길어진 만큼 아이들은 바깥에서 오래 그리고 많이 놉니다. 그래, 놀아야지. 바람을 가르며 씽씽 달리기도 하고 뽕나무 오디도 따먹으며 놀아야지. 하루라도 옷을 빨지 않으면 안 될 정도로 날마다 흙먼지를 뒤집어쓰고 놀지만 그래야 쑥쑥 크겠지. 마음이 튼튼해지겠지. 어린 시절, 친구들과 실컷 뛰어놀며 몸에 스며든 하늘과 바람과 빛과 노래가 지금껏 살아가는 힘이 되어 주듯. 지저귀는 새들처럼, 노는 아이들 웃음소리로 시끄러운 오후. 저녁 7시가 되어도 환하니 늦게까지 골목에서 아이들 소리가 들립니다. 도서관 안에는 저마다 다른 사람들의 삶과 지혜와 이야기가 있습니다. 바깥에는 날마다 새로운 빛과 소리와 그림이 펼쳐지구요. 한창 푸르른 등나무 아래 앉아 오늘도 생각합니다. 안보다 바깥이 북적이는 요즘, 도서관은 심심한 것인가 심심하지 않은 것인가?

베짱이 편지 17

종소리

안동의 동화작가 권정생씨에게

과수원 사과나무에 가려 담이 뼘밖에 안 보이는
산모퉁이 개울가 외진 곳집 옆
궤짝 같은 두칸집이 그가 혼자 사는 집이다
맨드라미가 핀 손바닥만한 마당에서
개와 토끼가 종일 장난질을 치고
학교에서 돌아오는 아이들은 떼로 몰려
질퍽질퍽 물을 밟고 개울을 건너
주인이야 있거나 말거나
젖은 발로 방에 들어가 엎드려 동화를 읽는다
늦어서 아이들과 함께 먹는 밥은
그가 생활보호 대상자라고
면에서 나오는 쌀로 지은 것이다
밤이 되면 그는 마을 안 교회로
종을 치러 간다 그 종소리를 들으면서
사람들은 오늘도 무사히 넘겼음을 감사하지만
그 종소리를 울면서 듣고 있는 것들이
따로 있다는 것을 그들은 모른다
버러지며 풀 따위 아주 작고 하찮은 것들
하지만 소중한 생명을 지닌 것들이
종소리를 들으면서 울고 있다는 것을 모른다

신경림 기행시집 <길> 중에서.

1967년 고향인 안동시
일직면 일직교회 종지기로
교회 문간방에 살며
<몽실언니>. <강아지똥>,
<하느님의 눈물> 등 수많은
동화를 쓰셨던 권정생선생님은
아픈 몸으로 16년간 하루도
거르지 않고 종을 쳤습니다.

선생님은 `새벽 종소리는 가난하고 소외받고
아픈 이가 듣고, 벌레며 길가에 구르는 돌멩이가 듣는데
어떻게 따뜻한 손으로 칠 수 있어'라며
차디찬 종줄을 맨손으로 잡고
겨울 새벽을 깨웠다 합니다.

파주 어린이 책 잔치

주말에 파주 출판 도시 어린이 책 잔치에 다녀왔습니다. 도서관 열기 전에 다녀온 뒤로 처음이네요. 이번에는 어떤 책을 만날까 기대하면서도 주머니 사정 생각해서 좀 참아야지 싶습니다. 마음먹은 대로 안 될 게 뻔하지만요.

첫 번째 간 곳은 보리출판사 부스. 책을 한 권 한 권 정성스레 만드는 곳이라 사고 싶은 책들이 참 많습니다. 잡았다 놓았다 몇 번을 망설이다 결국 몇 권을 골라내고 전부터 눈여겨보던 책들을 데려왔습니다.

마침 '빛그림 이야기'라고, 우리 도서관에서 하는 '이야기 극장'과 비슷한 것을 한다기에 얼른 자리 잡고 앉았습니다. 도서관에서 아이들에게 어떤 이야기를 들려줄까 이따금 고민하는데, 아무 생각 없이 관객으로 앉아 있으니 참 편하고 좋더군요.

책 수레가 차츰 무거워집니다. 지난 가을에 이어 두 번째 찾았는데 제 얼굴을 알아보고 이것저것 덤을 챙겨 주는 출판사 관계자분들도 있어서 더욱. 하여간 인심 좋은 대한민국!

아시아 출판문화 정보센터에 24시간 문을 여는 '지혜의 숲' 도서관이 있어 들어가 보았습니다. 처음엔 큰 규모에 '와!' 했지만 너무 높은 책꽂이에 빈틈없이 빽빽이 들어찬 책들을 보니 차마 꺼내 볼 엄두가 나지 않더군요. 총 100만 권을 소장할 수 있는 규모라는데, 저는 작더라도 사람을 안아 주는 공간을 좋아해서인지 곳곳에 꽂힌 책들이 사람을 압도하는 느낌이 좀 별로였습니다.

도서관 한쪽에 평화 그림책 전시회가 있어 가 봤습니다. 나라마다 평화에 관한 목소리를 내는 작가들이 있어, 어찌 보면 눈에 안 보이고 그래서 더 어려울 법한 이야기를 아이들과 함께 나눌 수 있어 좋았습니다.

사계절, 창비, 돌베개 등 좋아하는 출판사 몇 군데를 들른 뒤 마지막으로 간 곳은 '이가 고서점'. 사실 이 곳을 첫 번째로 가고 싶었는데 마지막을 위해 남겨뒀습니다. 느긋하게 보려고요.

들어가자마자 훅 느껴지는 헌책방 특유의 묵은 책 냄새. 이가 고서점을 끝으로 차 트렁크가 꽉 찼습니다. 한동안 배부를 것 같습니다.

이번에 아주 반가운 분을 만났습니다. 블로그 이웃 소미 님. 소미 님은 베짱이도서관 개미 친구인데, 바로 그림책 『라이카는 말했다』의 작가 이민희 님입니다. 우연인지 필연인지 마침 제가 하룻밤 묵었던 동생네 바로 앞집에 사셔서 밤에 만나 맥주도 마시며 늦도록 이야기를 나눴습니다. 그린 그림과 이야기처럼 참 소박하고 살가운 분이라는 게 느껴졌습니다. 일주일만 있으면 새 책을 내신다니 꼭 사 봐야겠습니다. 좋은 책은 사서 봐야 합니다. 그래야 어렵지만 뚝심 있게 책을 내는 출판사도, 작가들도 살지 않을까요. 또 하나 놀라운 사실은, 지난 주 도서관에 반갑게 들여놓은 시골 만화 에세이 『불편하고 행복하게』를 쓴 만화가 홍연식 님이 바로 소미 님 남편이라는 것. 언제 이 두 분을 우리 도서관에 모실 수 있으면 좋겠습니다.

이번 책 잔치는 책도 책이지만 소미 님을 만난 것이 가장 큰 기쁨입니다. 살면서 좋은 사람 하나 만나기 얼마나 어려운 일인가요? 운 좋게도 도서관 열고 좋은 분들과 꾸준히 이어지고 있는데, 소미 님도 도서관으로 알게 되었으니 도서관 꾸린 일이 잘한 일이구나 싶은 생각이 또 듭니다. 도서관이란 곳은 여러 갈래 사람 마음 중에서도 선한 마음과 기운이 모이고 서로 어우러지는 곳 같습니다.

큰 도서관에 부지런히 들어오는 좋은 책들을 볼 때마다,
달마다 후원금으로 조금씩 사서 들이는 책을 반가워하며
알차게 빌려가는 개미친구들에게 고맙고 미안한 마음이 든다.

베짱이 편지8

궁금해~ 궁금해~
도서관 뒤편 농사짓는 아저씨네 강아지들이 틈만 나면 도서관에 들어오려고 기웃거렸다.

뚫렸다. 가자!
어쩌다 문이 열리면 기다렸다는 듯 우르르……

거 참. 인심 한 번 사납네.
꺽!
결국, 도서관 마루에 무수한 발자국들을 남긴 채 쓸쓸히 쫓겨나야 했지만
빨리 내보내~

… 우리도 어린이라고~ …….
대포알 심프

어쩌면 녀석들이 원한 건 이런 게 아니었을까 생각을 해본다.

이제는 주인 찾아 떠난 호기심 많은 장난꾸러기 퉁탱이, 복실이들아~ 어디서든 사랑받고 건강하게 잘 살거라.

도서관을 생각하다

곧 8월, 도서관을 연 지 반년이 훌쩍 넘었습니다. 문득 제가 처음 가졌던 마음, 어떤 도서관을 꿈꾸었는지 떠올려 봅니다. 제가 모델로 삼은 것은 일본에 많은 가정 문고. 자기 집 서재를 오픈해서 할 수 있는 만큼 즐겁게 여는 일, 일주일에 하루든 하루에 한두 시간이든 운영자 역량에 따라 자유롭게. 저도 그처럼 아기자기하고 즐거울 수 있는 도서관을 꿈꾸었습니다.

거창한 꿈이라든지 목표는 처음부터 없었습니다. 그저 책과 사람이 좋았습니다. 이곳에서 자연스레 이웃을 만나고 내 아이와 마을 아이들 함께 키울 수 있는 공간이 되면 좋겠다 정도랄까요.

얼마 전 '책 안 읽는 사회'에 관한 신문기사를 읽었습니다. 어릴 때는 책을 많이 읽다가 (이것도 주로 학습과 관련한 목적의식을 가진 경우가 많고) 입시를 거치는 청소년기, 취업 스펙을 쌓고 등록금을 버느라 여유가 없는 대학 시절, 고달픈 사회생활을 거치며 선진국과는 정반대로 나이가 들수록 책을 읽지 않는다고 합니다. 그것이 개인의 문제라기보다는 생각하지 않는 사람, 질문하지 않는 사람을 만드는 사회 분위기 탓도 크다고요. 바쁘거나 힘들거나 그럴만한 정신적 여유가 없기 때문에 이웃의 어려움과 고통도 쉽게 지나쳐 버리고 혹은 잊어버리는…. 분노하고 요구하지 않는 사회. 이런 사람들이 많아지면 누가 편해질까요? 이익을 얻는 자들은 누구일까요?

책 속에 꼭 답이 있고 길이 보이는 건 아니지만, 세상 수많은 생각을 만나면서 고민하는 힘을 기르고 그 속에서 내가 가고픈 길, 이루고 싶은 바람, 굳건히 하고픈 믿음과 가치를 찾아갈 수 있다고 생각합니다. 조금씩 속을 다지면서 중심을 잡아간다면 살면서 만나는 고비 고비마다 조금은 덜 흔들리고 조금은 더 빨리 길을 찾지 않을까요.

그런 뜻에서 책방 학문당이 폐업 위기라는 소식이 더욱 가슴 아픕니다. 1955년에 문을 연 학문당은 제 고향 마산에 하나 남은 오랜 책방입니다. 책방이 없어진 자리에는 무엇이 생길까요? 멈추고 숨을 가다듬을 수 있는 곳을 이제 어디 가서 만날까요? 제가 생각한 도서관의 모습대로 잘 되어간다 느낄 때도, 아닐 때도 있지만 도서관이야말로 긴 호흡이 필요한 일이라 느낍니다.

처음 가졌던 마음, 그동안 몰랐던 이웃들을 만나며 느낀 설렘과 고마움, 개미 친구들이 보내주는 소리 없는 응원을 생각합니다. 이곳도 언젠가는 없어질지 모르겠지만 그래서 더욱, 있는 동안 너무 멀리 내다보지 않으렵니다. 둘러보면 온통 고마움으로 가득한데 다른 걸 쫓느라 곁에 있는 소중함들을 놓치고 싶지 않습니다. 진리는 늘 가까이, 작은 것들 속에 담겨 있는 법이니까요.

베짱이편지 9

소녀가 산을 향해 달려갔다. 이번은 소년이 뒤따라 달리지 않았다. 그러고도 곧 소녀보다 더 많은 꽃을 꺾었다.
"이게 들국화, 이게 싸리꽃, 이게 도라지꽃……."
"도라지꽃이 이렇게 예쁜 줄은 몰랐네. 난 보랏빛이 좋아!…… 근데 이 양산같이 생긴 노란 꽃이 뭐지?"
"마타리꽃."
소녀는 마타리꽃을 양산 받듯이 해 보인다. 약간 상기된 얼굴에 살폿한 보조개를 떠올리며.
다시 소년은 꽃 한 옴큼을 꺾어 왔다. 싱싱한 꽃가지만 골라 소녀에게 건넨다.

황순원, 〈소나기〉에서..

길에 핀 도라지꽃을 보며 참나리, 상사화, 원추리 같은 여름꽃들이 눈에 들어옵니다. 겨우내 무채색이었던 땅을 색색으로 수놓는 봄꽃들에 비해 여름꽃들은 무성한 초록들에 가려져 얼핏 그냥 지나치기 쉽지만 그런 만큼 크고 화려한 꽃을 피워 나도 좀 봐 달라는 말을 하는 것만 같습니다.
소설에 나오는, 이름도 특이한 '마타리꽃'은 무더운 여름의 끝자락에 피어 가을을 알리는 꽃인데 우리 동네에서도 말복과 입추 즈음인 8월 10일 경이면 이 꽃을 볼 수 있습니다.
더위에 지쳐갈 무렵, 이 꽃을 만나면 이제 곧 가을이 오겠구나 싶어 반가운 마음이 든답니다.

고맙다 도서관!

두 해 뒤면 사십 대가 됩니다. 마흔이면 인생을 한번 되짚어 보는 시기가 온다고들 합니다. 돌아보면 무슨 공부를 하고 뭘 하면서 살고 싶은지 고민하게 된 때가 이십 대 초반이었습니다. 동아리 활동하며 음악에 빠지기도 했지만 삶에 대한 고민은 늘 있었습니다. 막연하게나마 길을 좀 찾고 싶은 마음이 들었던 첫 번째 시기였달까요. 서른 중반을 넘어서면서 조금씩 그 고민을 다시 하게 된 것 같습니다. 그냥 이렇게만 살아도 되는 걸까 하는 불편한 마음과 왠지 모를 답답함들. 어찌 보면 지금 제게 도서관은 생각하는 대로 삶을 살아볼 수 있는 징검돌인 것 같습니다.

도서관 자체가 목표가 아닌, 이곳에서 하고 싶고 꿈꿔 온 것들을 조금씩 해 볼 수 있는 것, 결과에 따라 나누어지는 성공과 실패의 개념이 아니라서 그냥 저지를 수 있는 용기, 겁내던 마음과 제가 가진 편견들을 빛깔이 다른 사람들을 만나며 깨트려 보는 것, 책과 사람 사이를 오가며 자꾸만 굳어지는 생각을 다시 해체시켜 보는 재미.

이런 것들이 나이 마흔 즈음에 제가 소중하게 여기는 것들입니다. 많은 준비로 도서관을 시작한 게 아니라서 하나하나 몸으로 부딪쳐 가며 느끼고 배우지만, 어찌 되었든 지금이 제 삶에서 아주 커다란 전환점인 것만은 분명합니다.

잘 살고 있는 건지는 모르겠습니다. 그래도 지나가다 반갑게 인사하는 이웃이 늘어난 걸 보면 예전보다 조금은 더 괜찮게 살고 있는 것 같긴 합니다. 한동네 살아도 서로 전혀 모르고 살 뻔했는데 덕분에 정다운 이들을 많이 만납니다. 고맙다! 도서관.

베짱이 편지10

지난 1년간,
나에대한 아이들의 호칭변화:

관장님 → 선생님 → 베짱이 아줌마
→ 베짱이

요새
동네 지나다니다
아이들을 만나면
큰놈 작은놈 할것없이
약속이나 한 듯
나를 '베짱이'라
부른다.
1년이 다 되어가도
들을때마다 아직도
어색한 '관장님'보다는
훨씬 듣기 편하다.
누가 들으면 딩가딩가♪♬
'놀고먹는 '한량'인가
생각할 수도 있겠지만
곰곰 생각해보면
딱히 틀린 말도
아닌지라.. ㅎㅎ

좋아서 하는 일

사흘 동안 광수중학교 아이들 여섯이 직업 체험으로 베짱이도서관을 신청해서 도서관에 왔습니다.

첫 날에는 함께 차를 마시며 책 이야기, 학교생활 이야기를 나누었는데 생각보다 훨씬 성숙한 아이들이란 생각이 들면서 한편으로 아이들은 아이들이구나 싶은 마음. 보고 있으니 한 명 한 명 참 예쁩니다. 지난 봄, 이렇게 사랑스러운 아이들을 한꺼번에 하늘로 떠나보낸 일이 떠올라 가슴이 아프기도….

둘째 날에는 아이들이 오는 시간에 맞춰 '책 읽어 주기'를 했습니다. 이 날만큼은 언니, 형들이 책을 읽어 주니 엄마들은 모처럼 쉬었지요. 여자 아이들 틈에 끼어 혼자 청일점이라 많이 수줍어하던 수인이는 책 읽어 주는 시간이 되자 아이들에게 인기 만점! 한 쪽에서는 아이들에게 풍선을 만들어 주었습니다. 책 읽어 주는 소리, 모처럼 아이들에게 해방된 엄마들 수다 소리, 풍선 가지고 노는 소리, 풍선 터지는 소리, 풍선 터졌다고 우는 소리…. 난리도 아니었지만 그래도 모처럼 도서관이 시끌시끌 아이들 소리로 흥겨웠습니다. 두 시간 활동하고 거의 탈진 수준인 중학생 아이들에게는 돈가스와 떡볶이로 보상을!

책을 눈으로 보는 것과 소리 내어 읽는 것은 다릅니다. 이야기를 사람 목소리로 들려주는 것의 힘이 분명히 있다고 믿습니다. 이날은 동네 언니랑 형이 읽어 줘서 또 남달랐을 것입니다. 이번에 왔다간 중학생 아이들을 비롯해 요사이 몇 군데 초등학교에서 도서관 탐방을 오기도 해서 여러 아이들을 만났습니다. 아이들이 가장 많이 묻는 물음은 "왜 하느냐?"입니다. 그럴 때마다 저는 "좋아서, 하고 싶어서."라고 말합니다. 그런 물음에 대비해 적절한 답을 생각해 둬야 하지 않느냐고 하는 분들도 있지만 글쎄요, 괜찮은 답은 과연 무엇일까 싶습니다. 거듭 생각해 봐도 가장 솔직한 대답은 "좋아서"인데.

'좋아서' 하는 일이라기보다 '좋은' 일이 큰 몫을 차지한다면 과연 오래 이어갈 수 있을까요? 어려움을 이겨내고 오랫동안 즐겁게 붙들 수 있으려면 좋아서 하는 마음이 가장 큰 힘이지 않을까요.

도서관 일주년이 하루하루 다가옵니다. 요새는 자주 잠을 설치는데 올 한 해 이곳에서 했던 크고 작은 일들이 떠올라서라기보다는 도서관 열고 만나게 된 사람들, 아이들 생각이 나서입니다. 책이 좋아 시작했지만 그 마음을 지금껏 지속할 수 있는 힘은 바로 사람이구나 싶습니다.

내가 여태 별 탈 없이 도서관 일을 할 수 있는 건 모두 착하고 똑똑하고 어진 마음을 늘 베풀어주는 개미친구들 덕분이다.

베짱이 편지 11

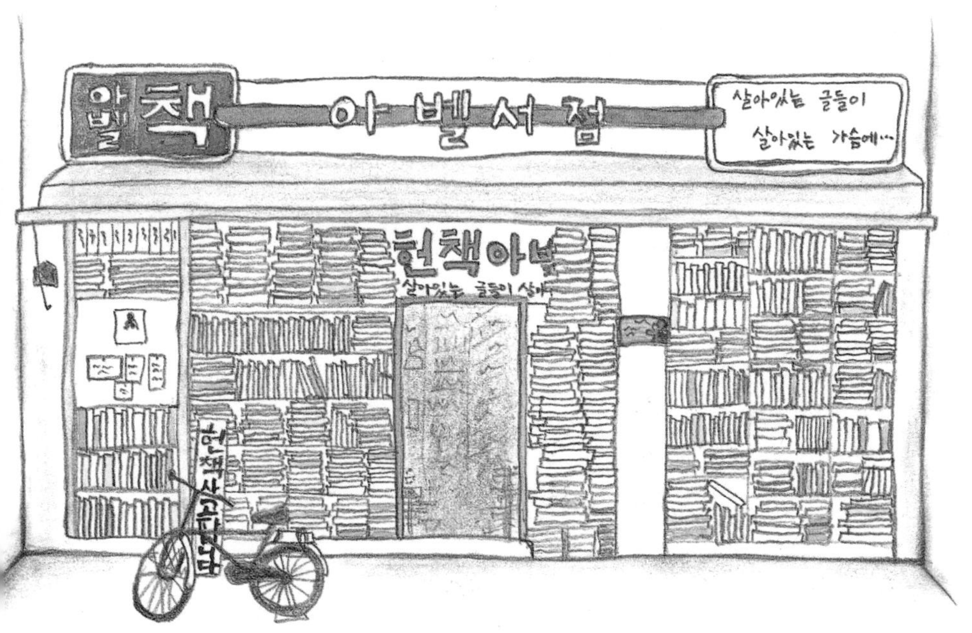

"도시에서는 책방이 숲이에요. ……"

최종규, <책빛숲, 아벨서점과 배다리헌책방거리>
에서 서점 주인 아주머니가 하신 말.

도서관 개미친구님과 함께 인천 배다리에 있는 헌책방 '아벨서점'을 다녀왔습니다.
겉에서 바라만 보아도 한 자리에서 40년을 있어 온 책방이 주는 느낌이 남달랐고,
겹겹이 쌓인 책들 사이사이 액자로 걸려있는 '살아있는 글들이 살아있는 가슴에…'
라는 문구가 기억에 남습니다. 주인 아주머니가 오랫동안 책방을 꾸리며 마음 속에
간직해 오신 생각이신테지요.
책방 2층에는 이름도 멋진 '시 다락방'이 있는데 이곳에서 매달 시낭독회를 연다고
합니다. 그 한켠에는 아주머니들이 모아오신 고서들과 인천의 역사문화 관련 자료들이 전시되어
있었습니다. 전통이 사라진 시대, 나름대로 그 고장의 뿌리를 찾고있는 이곳이 참 멋지고
의미있는 곳이란 생각을 하면서 이 동네 사람들이 부러운 마음도 들었답니다.

베짱이도서관 일 년

어느덧 도서관 일 년이 되었습니다. 벌써 일 년이라니 믿기지가 않네요. 마음만 앞서 덜컥 문을 열어 놓고는 이리저리 헤매기도, 자신 없던 시간들도 있었는데 어쨌든 다 지나왔고 혼란스럽거나 어려웠던 부분도 많이 정리되었습니다. 굳이 복잡하게 생각하지 않아도 시간이 흐르면서 도서관이 자연스레 길을 열어 준 것 같습니다.

도서관 일주년을 한 주 앞두고 11월 1일 낭독 콘서트를 열었습니다. 그동안은 누가 준비하고 만들면 구경만 하러 다닌 삶이었는데, 이번 콘서트를 준비하며 태어나 처음 해 보는 경험들에 재밌기도 힘들기도 했습니다. 생각보다 챙길 것이 많았지만 그래도 동네에 책방이 생기면 이런 걸 해 보면 좋겠다고 꿈꾸던 일을 정말로 하게 되어 기쁜 마음이 더 컸습니다. 낮에는 도서관 마당에서 아이들이 장터를 열기로 했는데, 하루 전부터 비가 오고 날씨가 궂어 무지 걱정을 했습니다. 꼭 소풍 가기 전날 비가 올까봐 조마조마하던 마음처럼요. 아침부터 내내 하늘만 바라보았습니다. 마음속으로 주문을 걸어서인지 낮이 되면서 밝고 포근해졌습니다. 햇살이 얼마나 반갑던지요!

한 달 전부터 장터를 준비한 아이들의 정성과 마음이 예쁘고 고마웠습니다. 노란 은행잎 깔린 도서관 마당에 앉아 재잘거리는 아이들 모습은 한 폭 그림이었고요.

장터가 끝나고 콘서트가 시작되었습니다. 많은 사람들 앞에서 노래하고 연주하며 낭독하는 일이 쉽지 않은데, 용기 내어 참여해 주신 분들께 정말 고맙습니다. 제가 아무리 하고 싶어도 선뜻 마음을 내어 주는 사람들이 없으면 절대로 할 수 없는 일입니다.

시와 산문을 낭독하고 그에 어울리는 노래, 대금부터 콘트라베이스까지 다양한 악기 연주를 듣는 일은 즐겁고 따듯했습니다. 오신 분들은 아낌없이 박수를 쳐 주었습니다. 잘하든 못하든 한동네 더불어 사는 이웃에게 무조건 박수 칠 준비가 되어 있는 마음들이지 않았을까요?

모두의 합창으로 '섬집 아기'와 '예쁘지 않은 꽃은 없다'를 부르고 음악회를 마쳤습니다. 집집마다 조금씩 챙겨 온 음식을 함께 나누며 소박한 뒷풀이를 했습니다. 저는 정신이 없어 거의 못 먹었지만 보기만 해도 배가 불렀습니다.

시와 노래가 없는 세상은 얼마나 삭막할까요? 모처럼 아이 어른 아울러 웃고 노래 부르며 오랜만에 마음이 촉촉해졌습니다. 오늘이 11월 8일이니 딱 일 년 되는 날이네요. 그동안 이곳에서 배운 것이 참말 많습니다. 얼마를 주고서 제가 이런 귀한 경험을 할 수 있겠으며, 어디 가서 이렇게 좋은 분들을 한꺼번에 만날 수 있을까요. 훗날 제 삶을 돌아본대도 아주 소중하게 기억될 시간을 지금 지나가고 있다는 것에 감사합니다. 처음부터 지금껏 도와주고 함께해 주는 분들, 그리고 지난 일 년 동안 힘찬 응원을 보내 준 개미 친구님들, 고맙고 사랑합니다.

베짱이 편지 12

책과 함께 돌아본 일 년

> 도서관은 '가르치지 않아서 더 큰' 배움터였다. … 책과 사람으로 둘러싸인 놀이터에서 아이들은 넓은 세상을 보는 눈이 트이고 모든 삶을 소중하게 여기는 마음도 키웠다.
>
> — 박영숙, 『내 아이가 책을 읽는다』

그물코출판사 장은성 선생님이 선물로 주신 이 책을 읽을 때까지만 해도 '사설 도서관'이란 먼 일로 여겨졌습니다. 책을 쓰신 느티나무도서관 박영숙 선생님을 직접 만나 뵙고 일본에 있는 다양한 가정 문고 얘기를 들었습니다. 늘 부지런히 돌아가고 프로그램 운영이 활발한 도서관들처럼 운영할 자신은 없지만, 야무지지 못하고 소심한 제가 좀 '게으르게' 할 수 있는 도서관이겠다 싶은 마음이 들었습니다.

"책방이요? 미쳤군요!"

– 웬디 웰치, 『빅스톤갭의 작은 책방』

"책방? 북카페?"

"아니, 도서관!"

"왜?"

당장의 월세와 관리비에 대한 계획도 없이 덜컥 계약서에 사인을 해 놓고 그제서야 걱정이 들었지만, 그때는 '어떻게든 되겠지' 하는 마음이었습니다. 지금 생각하면 무슨 배짱으로 그랬을까 싶기도 하지만 이것저것 고민하고 준비하는 시간이 길었다면 오히려 시작하지 못했을 것 같습니다.

개점 전날 침대에 누워 말똥말똥한 눈으로 최악의 시나리오를 하나씩 떠올려 보았다. 예를 들면 손님이 아무도 안 온다든가, 아무도 안 온다든가, 혹은 아무도 안 온다든가…

– 웬디 웰치, 『빅스톤갭의 작은 책방』

문을 열자마자 겨울이 되었고, 과연 이 구석까지 누가 찾아올까 가슴 졸이기도 했던 날들. 처음 문 열고 들어온 이웃을 만나 얼마나 신기하고 고마운 마음이 들었는지…. 그때를 떠올리면 지금도 그 마음으로 돌아갑니다. 아이들 신발로 가득 찬 도서관 현관을 바라보며 한참 감동했던 기억도….

> 책방을 운영하려는 사람이 갖춰야 할 필수 조건은 "책을 좋아하십니까?" 이기보다는 "사람을 좋아하십니까?"일 것이다.
>
> - 웬디 웰치, 『빅스톤갭의 작은 책방』

도서관을 열면 낯선 사람을 만나는 일에 익숙해져야 하고 늘 누군가와 함께 있는 일이 많을 텐데, 혼자 있는 시간도 좋아하는 내가 잘 견딜 수 있을까? 하지만 도서관에서 사람들을 만나면서 저마다 가진 선한 마음을 느끼는 것이 참 좋았습니다. 그 마음이 주는 힘이 좋고 커서 다른 어려움들을 잊거나 이겨낼 수 있는 또 다른 힘이 되지 않았을까 생각합니다. 힘들고 지칠 때도 있었을 텐데 그런 기억이 별로 나지 않는 걸 보면요.

> 책은 그냥 물건이 아니다. 인류의 다이내믹한 인공물이자 우리 개개인의 인생 여정에서 급회전을 한 지점을 표시해 주는 이정표와도 같은 것이다. … 어떤 책이 누구에게 영향을 줄지는 아무도 결정할 수 없다. 타이밍과 읽는 이의 성향과 책, 이 세 가지의 마법 같은 연금술로 결정될 뿐이다.
>
> - 웬디 웰치, 『빅스톤갭의 작은 책방』

모인 후원금으로 달마다 고민 끝에 꼭 들여놓고 싶은 책을 삽니다. 책을 쓴 누군가의 생각이 책을 빌려가는 누군가의 삶 속으로 조용히 스며드는 일을 즐겁게 지켜봅니다. 살면서 인생을 바꿀 만할 발판을 여러 번 만나겠지만 때론 책이, 책 속 한 구절이 그럴 때도 있지요. 갈수록 책 읽는 일이 뒤로 밀려나고 있는데 골목골목 작은 책방과 도서관들이 생긴다면 세상이 차츰차츰 맑고 밝아지지 않을까요.

> (서울 광진도서관) 오 관장님은 사람에 대한 관심을 사서의 자격 요건이자 책임으로 꼽을 정도로, 교류에 대한 생각이 남달랐다. "저는 사서가 되고 싶은 사람은, 사람에 신경 쓸 줄 알아야 한다고 말하곤 합니다. 그저 책이 좋은 사람이라면 사서를 포기하는 편이 낫습니다. 오늘날 도서관은 지역사회에서 사람들을 교류하게 하는 다리 역할을 해야 해요."
>
> – 강예린, 이치훈, 『도서관 산책자』

작은 도서관일수록 사람과 사람 관계의 밀도가 높을 수 있다는 글을 어느 책에선가 봤습니다. 한 해 운영하면서 그 말이 무슨 뜻인지 조금씩 알 수 있었습니다. 다른 공간보다 책이 둘러싼 곳에서 사람들 마음이 훨씬 자연스럽고 편안하게 어울리는 걸 느낍니다. 책을 만나러 오는 마음은 다른 곳에 갈 때와 달리 더 열려 있는 마음이라 그런가 싶은 생각이 들고, 책이 가진 힘이 이런 것도 있구나 싶습니다.

저는 공간을 열기만 했을 뿐인데 이곳에서 서로 좋은 인연이 만들어지고, 그 기운들로 도서관이 조금씩 조금씩 채워지고 있으니까요….

> "역시 서점도 자신의 몸 길이만큼 할 수 있는 일이라고 생각합니다. 저로 말하면 이만한 서점이 있고 이만큼의 서가가 있고 그 안에서 고객과 마주하는 정도가 딱입니다. 그래서 저는 지금이 좋습니다. 몸 길이만큼 한다는 것이 제가 생각하는 서점입니다."
>
> – 이시바시 다케후미, 『서점은 죽지 않는다』

가끔씩 도서관 운영에 초점을 맞춰 생각하면 마음이 무겁고 제 그릇에는 벅찬 일처럼 여겨집니다. 하지만 앞의 이야기처럼 내 몸 길이만큼, 내가 즐겁게 할 수 있는 만큼의 도서관을 꾸려 가자고 생각하면 마음이 한결 가볍습니다. 도서관이란 쉽게 생기고 없어지는 성격의 것이 아니라서 멀리 봐야 한다는 부담이 클 줄 알았는데, 지난 일 년은 오히려 그 어느 때보다 오늘을 산 시간이었습니다. 사계절 아름다운 이곳에서 계절이 오고 가는 것도 느끼고 날마다 만나는 아이들, 사람들, 누군가에게 다가간 책, 주고받은 이야기….

어찌 보면 비슷한 일상일 것 같은 도서관에서 하나도 닮지 않은 하루하루를 보내며 실은 지나온 내 삶도 그러했겠구나 싶습니다. 단지 제가 보고 느끼지 못했을 뿐이겠지요.

"얘, 모모야. 때론 우리 앞에 아주 긴 도로가 있어. 너무 길어, 도저히 해낼 수 없을 것 같아. 이런 생각이 들지."

"한꺼번에 도로 전체를 생각해서는 안 돼, 알겠니? 다음에 딛게 될 걸음, 다음에 쉬게 될 호흡, 다음에 하게 될 비질만 생각해야 하는 거야. 계속해서 다음 일만 생각해야 하는 거야."

"그러면 일을 하는 게 즐겁지."

– 미하엘 엔데, 『모모』

도로 청소부 베포 할아버지가 모모에게 들려준 얘기처럼, 먼 미래를 미루어 걱정하기보다 다음에 딛게 될 한 걸음만 생각하면서 늘 새로운 오늘을 맞이하고 싶습니다.

베짱이도서관 에피소드 셋 원칙 아닌 원칙

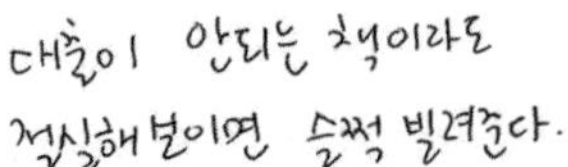

대출이 안되는 책이라도
절실해보이면 슬쩍 빌려준다.

아주 더운 여름, 몹시 추운 겨울에는
일주일씩 도서관 방학을 한다.

야호! 방학이다.

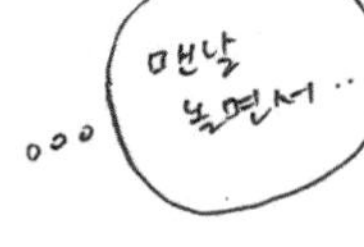

맨날 놀면서..

한번씩 대청소를 할 때는
이웃들에게 널리 알려 함께 한다.

개미들 좀 오라고 문자 보내야겠다
아이고 허리야

베짱이 편지13

이문구

산 너머 저쪽엔
별똥이 많겠지
밤마다 서너 개씩
떨어졌으니.

산 너머 저쪽엔
바다가 있겠지
여름내 은하수가
흘러 갔으니.

저도 어렸을 적,
'산너머 저쪽'에는 정말
별똥별 마을이 있으리라 상상했었습니다.
포근한 빛으로 해가 저물어 갈 때면
저 너머 마을엔 이제 아침이 오겠구나…
착한 별아가들이 잠에서 깨어나겠지!
생각하며
왠지 마음 한구석이 따뜻해져오던….

12월은 저에게 그런 달입니다.
너머에 대한 기대와 희망을 가지게 하는.

한 해동안 많이 애쓰셨습니다.
얼마 남지 않은 2014년,
마무리 잘 하시길….

신념 한 가지

12월 1일, 하루 종일 매서운 추위에 눈까지 내렸습니다. 많이 내리지 않아 아이들은 실망했지만, 곧 눈이 펑펑 쏟아질 것이고 겨울이 끝날 때까지 녹지 않은 채 내리고 쌓이고 하겠지요.

지난해 12월 10일 첫 소식지를 냈을 때가 떠오릅니다. 저질러 놓고 겁도 났지만 설레는 마음을 어쩌지 못해 써내려 간 그때 글을 읽으며 한 해가 참 순식간에 흘러갔다는 생각. 아마 제 인생에서 가장 빨리 지나간 한 해가 아닐까 싶습니다.

도서관을 운영하며 스스로 지키고 있는 신념을 한 가지 말하라면, '외부 지원을 받지 않기'입니다. 하다못해 '도서관 등록'을 하면 책 지원이라도 받을 수 있겠지만, 아무것도 없는 상태에서 한 번 부딪쳐 보고 싶었습니다. 힘든 점은 있겠지만 분명 얻게 되는 것도 있을 거라 생각했고, 그게 뭔지 직접 겪으며 알아가고 싶었습니다.

가장 크게 얻은 것은 '고마움'입니다. 사람도 책도 그냥 다 고맙습니다. 달마다 들어온 후원금을 확인할 때마다 이 조그만 시골 도서관을 응원해 주는 그 마음이 고맙고, 거듭 고민해 들여놓은 책 한 권 한 권이라 더 소중합니다. 덜컥 몇 백만 원씩 책값을 지원 받아 한꺼번에 샀더라면 이런 마음을 느낄 수 있을까요? 도서관 크기를 키우고 책을 많이 늘리는 것만이 능사가 아니라고 생각하기에, 귀하게 책 한 권 들여놓을 수 있는 지금이 좋습니다.

또 하나는 자유롭다는 것입니다. 외부 지원을 받으면 아무래도 지원해 주는 곳이 원하는 시스템으로 어느 정도 굴러갈 수밖에 없을 것이고, 그러다 보면 정작 애초에 하고 싶던 일을 놓칠 수도 있다고 생각합니다. 보여 주기 식 행사를 하지 않아도 되어 좋고, 서류를 꾸미거나 보고하기 위해 쓸데없이 낭비될 힘을, 하고 싶고 재밌겠다 싶은 일들을 상상하고 실천해 보는 일에 집중할 수 있어 좋습니다.

좀 어렵더라도 자유롭게 뜻을 펼칠 수 있어야 진짜 하고 싶은 일을 하며 즐거울 수 있겠지요. 만약 더 이상 운영이 힘들어져 바깥에서 수혈을 받아야 할 때가 온다면, 그때는 차라리 도서관을 그만하는 것도 방법이지 않을까요. 그렇다고 해서 도서관이 있던 그 시간도 함께 사라지는 것은 아니겠지요. 보이지 않지만 어떤 씨앗을 뿌렸다면 그것으로도 충분하지 않을까요. 정작 중요한 게 뭔지, 하고 싶었던 마음에서 멀어지지 않으려면 그런 환경을 앞으로도 만들지 않아야겠다고 다짐합니다.

한동안 바빠 읽지 못했던 책, 『시골 빵집에서 자본론을 굽다』를 이제야 읽었습니다. 일본 작은 시골 마을 빵집 주인이 쓴 책인데 읽고 나니 마음이 훈훈해집니다. 세상 곳곳에서 이렇게 소리 없는 혁명이 일어나고 있구나 하는 생각에.

썩는다는 것은 자연의 섭리이거늘 몸집을 불리기만 하는 돈의 부자연스러움이 작아도 진짜인 것으로부터 우리를 멀어지게 한다고 생각하고, 살고픈 철학대로 삶을 사는 부부. 제대로 된 빵을 만들기 위해 일주일에 사흘은 쉬고, 해마다 한 달은 꼬박 문을 닫는다. 경영 이념은 '이윤을 남기지 않기'라는!

생각할 수는 있지만 실천은 쉽지 않은데 분명한 철학을 세우고 직접 이루어 나가는 사람들이 있어 반갑고 고맙습니다. 그 패기가 부럽기도 하고요. '진짜' 일을 하고 싶지만 못하고 사는 사람들이 얼마나 많은가요. 삶은 영원하지 않건만 갖가지 이유로 우리는 오늘도 어쩔 수 없는 삶을 삽니다. 책을 읽으며, 무엇보다 '용기'가 있다면 뜻을 펼치며 사는 일이 그리 어렵지 않은 일일 수 있겠다는 생각이 문득 들었습니다.

먼 나라 시골 마을 사람들 이야기를 읽으며 기운을 얻습니다. 변화는 거대한 힘으로부터 어느 날 갑자기 만들어 지는 것이 아니라, 작은 불빛으로 조금씩 조금씩 퍼져 나가는 것임을.

누구나
홀로
선
나무.
그러나 서로가 뻗친 가지가
어깨동무되어 숲을 이루어가는 것.
조정래 시 <삶>

차디찬 겨울을 살아내는 소나무를 봅니다.
메마른 땅을 지키고 있는 곧고 푸른 마음들 있어
지난 한 해도 그럭저럭 잘 버티고 견뎠습니다.
올해는 슬픈 공감과 위로 대신
정답게 손잡고 어깨동무 할 일이 많으면 좋겠습니다.
새해 복 많이 지으세요!

아이들과 텃밭 신문을 만들어 볼까요?

언제 씨앗 뿌리고
언제 거름 내고
언제 김매기 하고
언제 수확하는지
철을 잘 알아야
먹고 살 수 있는 시절이 있었지
요즘은 그런 철을 몰라도
돈 들고 시장에 나가면
함박눈 쏟아지는 한겨울에도
쌀 보리쌀 곡식을 살 수가 있지
배추 무 상추 오이 채소를 살 수가 있지
철을 몰라도 얼마든지 먹고 살 수가 있지

그래서 요즘은

철모르는 어른이 많은가 보다

– 김바다 동시집, 『수리수리 요술텃밭』 중에서

동화 작가 김바다 님이 도서관에 다녀가셨습니다. 환경과 생태에 관심이 많은 작가님은 직접 쓴 책 『내가 키운 채소는 맛있어』, 『우리집에 논밭이 있어요!』 이야기를 들려주셨습니다. 요샌 철모르는 어른이 너무 많은데 엄마들이 먼저 공부를 하고 알아야 아이들에게 알려 주고 함께 놀 수 있다고 말씀하셨어요.

우리 동네에는 논밭도 많은데 그냥 지나치기만 하면 아무 소용없다 하시며, 우리에게 가장 뿌리가 되는 먹거리인 벼가 어떻게 자라 우리 밥상에까지 오르는지 알아야 한다고 하셨습니다. 생명에 대한 감수성을 키우려면 아이들과 같이 쌀 한 톨의 소중함을 느껴봐야겠구나 생각이 들었습니다.

올해는 조그맣게라도 밭 갈고 씨 뿌리는 일부터 수확하고 빻는 일까지 해 보면 좋겠다 생각하고 있습니다. 도서관 둘레에 새들이 많아 참 행복합니다만, 이 녀석들을 어떻게 감당할 수 있을지도 고민해 봐야겠습니다. 아이들과 텃밭 신문을 만들어 봐도 좋겠지요. 좋은 의견 있으면 많이들 내주세요.

베짱이편지 15

도서관을 열고 지금까지
도서관 주변 풍경,
아이들 모습,
행사 사진들을
베짱이 도서관 블로그에
올렸었는데
얼마전에 그중
몇장을 뽑았습니다
도서관 한쪽 벽에
붙여놓을까 하고요

강아지들을 그렸던
베짱이 소식지 기억나시나요?
바로 그 녀석들 사진인데,
엄마볼에 얼굴을 부비고 젖 먹는 모습이
얼마나 예쁘던지 사진을 찍고도 한참을
봤었던 기억이 납니다.

얼었던 흙이 녹고 나무마다 부지런히 물 올리는 소리가 들리는 듯 합니다.
이제 입춘이 지났으니 곧 저마다의 모습으로 곱고 여린 잎을,
조그맣고 사랑스러운 꽃을 피우겠지요?
세상 모든 아가들은 다 예쁩니다.

박카스

입춘인 오늘은 만나는 사람마다 "입춘이에요!"라고 말한 것 같습니다. 제법 푹한 날씨였는데도 괜스레 춥게 여겨졌던 건, 계절은 아직 겨울인데 마음은 이미 저만치 봄을 향해 달려가기 때문일까요. 방학에는 늘어지게 겨울잠 자고 그동안 읽고 싶었던 책도 좀 보면서 지냈습니다. 겨울이면 어디 다니지 않고 칩거하는 분들이 많은 우리 동네 특성상 도서관도 겨우내 좀 조용했는데 개학을 하니 조금씩 시끌시끌해집니다.

지난해 넷째 아기를 낳은 이웃님은 어느덧 젖 먹고 볼이 통통해진 예쁜 아기를 데리고 왔습니다. 종종 와서 책 읽고 가는 예성이는 3월이면 6학년 맏언니가 됩니다. 목요일마다 아주 훌륭한 도서관 지킴이였던 이웃님은 그동안 쉬었던 직장으로 봄부터 다시 나가게 되었다네요. 도서관 뒷마당 하우스 아저씨네 개는 귀여운 강아지를 낳았습니다. 누군가는 이사를 가고 또 누군가는 이사를 오고….

책을 읽으며 새로운 이야기 속으로 여행하는 일과 계절이 오고 감을 바라보는 일은 무척 가슴 설레는 일입니다. 도서관에서 만나는 이웃들 생각과 삶이 조용히 바뀌고 꿈틀대는 것을 지켜보는 일, 책 속 이야기가 아닌 내 이웃들의 살아 있는 이야기를 만나는 일은 또 다른 즐거움입니다. 손잡아 줄 누군가 필요하거나 용기를 얻고 싶을 때 도서관에 있는 책들이 그런 역할을 해 줄 수 있으면 기쁘겠지만, 그저 몸과 마음이 쉬어갈 수 있는 곳이 되어도 좋겠습니다. 어떻게 해야 할지는 잘 모르겠습니다. 그냥 어떤 식으로든 응원하고 싶은 마음이랄까요. 올 한 해는 이웃들에게 '피로 회복제' 같은 도서관이 될 수 있기를.

도서관 문을 처음 열즈음 그린 도서관 그림지도를 찾아보니 그때만 해도
도서관 주위에 아는 분이 거의 없었는데,
지금은 반갑게 인사하고 지내는 이웃들이 많이 생겼구나 하는 생각에
마음이 뿌듯… 그리고 든든합니다.

장서의 괴로움

『장서의 괴로움』이란 책을 읽었습니다. 제목을 보며 도서관 열기 전 우리 집 모습이 떠올랐습니다. 책꽂이에 더 이상 꽂을 데가 없어 집 안 여기저기에 책을 쌓아 놓고 있던…. 다른 건 거의 욕심을 안 내는데, 이상하게 갈수록 책만은 그렇지 못해서 책방에 들어갔다 나오면 꼭 '헉, 이렇게나!' 하며 후회 아닌 후회를 합니다. 책값을 어떻게 갚을까 고민하면서도 한편으론 몇 번을 들었다 다시 놓고 온 책에 대한 아쉬움이 더 오래 마음을 붙들곤 했던….

도서관을 연 일은 참 잘한 일이고 제게 알맞춤한 직업을 만났다 싶은데, 요즘 들어 고민이 생겼습니다. 베짱이도서관에도 책이 조금씩 늘어 꽂을 데가 없어지고 있는 것. 도서관이라고 해서 꼭 많은 책을 꽂아야 한다고 생각하지 않기에 숨통이 트이는 곳을 여러 군데 두어서인지…. 이런 공간을 모두 없애고 모든 벽마다 책으로 꽉꽉 채우고 싶진 않습니다.

사람들이 잘 찾지 않는 책은 정리해야 할까요? 오래된 책은 정리해야 할까요? 오래된 책이 주는 감동은 요즈음의 세련되고 가볍게 넘쳐나는 것들에 견줄 수 없는 게 있지 않을까요? 그렇다면 정리의 기준은 뭐가 되어야 좋을까요?

책을 고르고 정리하는 기준은 사람이 정하는 것이고, 사람 생각은 어디까지나 저마다 다르기에 참 쉽지 않습니다. 저에게 별로인 책이 다른 사람에겐 삶을 바꿀만한 책이 될 수도 있는 것이기에. 특히 혼자 보고 누리는 책이 아닌, 다양한 생각을 가진 사람들이 오가는 도서관 책이기에 어떤 책을 들여놓을 것인가도 그렇겠지만 어떤 기준으로 어떻게 책을 정리할 것인가도 중요한 문제입니다.

"책은 순환하고 재생한다."『장서의 괴로움』에 나오는 한 대목입니다. 어쩌면 이 글이 기준이 될 수 있지 않을까요? 책을 정리해서 버린다는 개념이 아닌, 새로운 곳에서 누군가에게 다가갈 수 있도록 길을 터 주는.

이렇게 생각하니 마음이 한결 낫습니다. 좋아하는 책을 기어이 '내 책꽂이'에 꽂아야 했던 마음을 비우고 '서재 도서관'을 열어 놓고서도, 여전히 책에 대한 미련을 못 버리고 있는 걸 보니 아무래도 한참 더 수양을 해야 하나 봅니다.

대출해 간 이웃이 집에서 책을 잃어버리면 친구 경하랑 출동한다.
웬만해선 찾는다.

베짱이 편지17

제비꽃이 피었다.

민들레도

산수유도

피었다.

봄이 되어
여기저기 예쁜 꽃과
싱그러운 풀색으로
바뀌어가고 있는데

봄이 되는 것이,
꽃이 피는 게
두려운 분들이 있다.

4월 16일.

벌써 일 년이란 시간이 흘렀다.

우린 참으로 쉽게, 너무나도 빨리
잊어버린다.
이제는 극복해야 할 때라고 얘기하는 사람들도 많다.
하지만 그런 말을 들을 때마다
유용주 산문집의 한 대목이 자꾸만 생각난다.

슬픔은 딛고 일어서는 게 아니라,
펴지면서 낮아지고,
낮아지면서 스며드는 것이다.

요샌 왜 도서관 행사 안 해?

몇 달 전 도서관에서 좋은 강의를 해 주신 김바다 작가님께서 여러 가지 씨앗을 택배로 보내 주셨습니다. 보리와 밀은 시기가 좀 늦어 가을에 심기로 하고 다른 것들은 심었습니다. 아이들과 도서관 뒷마당에 텃밭을 만들고 감자를 비롯해 요모조모 심으며, 흙밭에서 뒹굴고 노는 아이들 모습을 보니 덩달아 저도 즐거웠습니다. 아이들이 고르게 심지 않은 씨앗도 있어서 어디서 어떤 싹이 틀 지 모르는 재미도 있을 것 같습니다.

아들이 "엄마, 우리 봉숭아도 심자. 꽃이 피면 도서관에서 손톱 물들이기 행사 하자."라고 말합니다. 학교에서 아이를 보고 "요샌 왜 도서관 행사 안 해?"라고 묻는 친구들이 있다더니, 딴에는 고민한 결과구나 싶어 슬며시 웃음이 났답니다.

벼를 어떻게 키울까 고민하다 마을에서 평생 농사지으신 어르신 한 분을 만나 뵈었습니다. 작물 키우는 일에 관해 어르신이 오랜 경험으로 터

득한 귀한 이야기를 들으며, 마을에 여기저기 논이 있지만 관심을 갖고 자세히 들여다 본 적은 별로 없구나 하는 생각이 들었습니다. 올해는 김바다 작가님께서 볍씨도 주셨으니 잘 될 진 모르겠지만 아이들과 한 번 길러 보려 합니다. 어르신을 뵙고 돌아오면서, 요즘 새로 짓는 집들은 너무 따닥따닥 붙어 있어 답답해 보이는데 마을 군데군데 논들이 그나마 숨구멍이 되어 주는구나 싶었습니다.

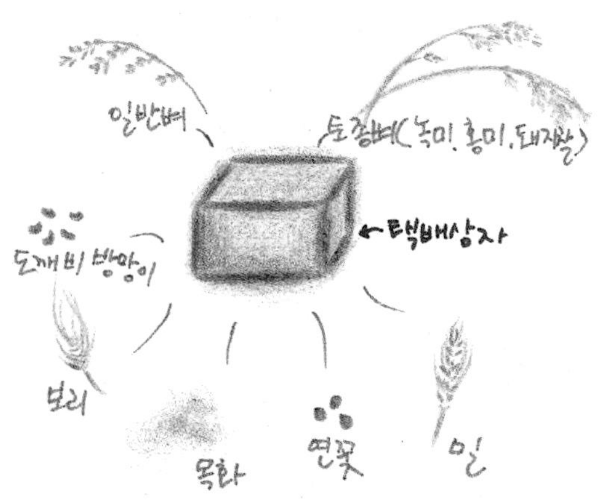

베짱이 편지 18

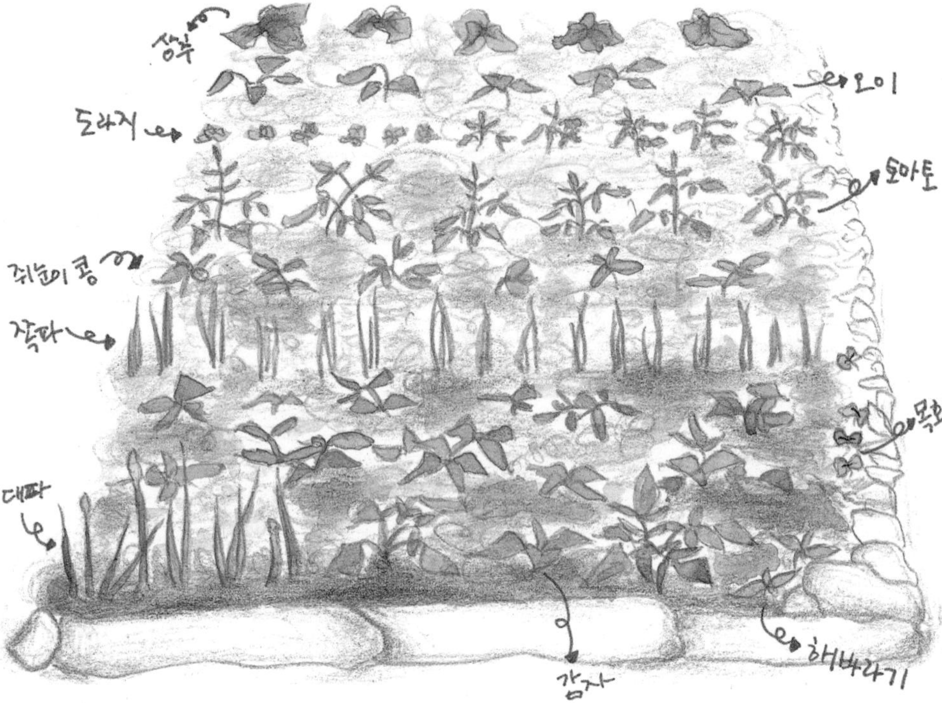

상추
오이
도라지
토마토
쥐눈이콩
쪽파
목화
대파
감자
해바라기

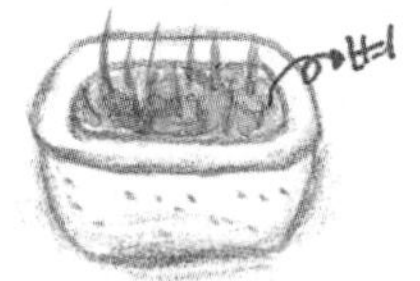

도서관 뒷마당 텃밭에 아이들과 함께심은 작물들의 싹이 올라옵니다.

한동안은 땅속이 너무 조용해서 마음이 조마조마했는데 한번 올라오기 시작하니 하루가다르게 쑥쑥 큽니다.

도서관에 지금 '관찰이 재밌어지는 그림책' 들을 전시하고 있습니다. 그중에는 텃밭과 관련한 책도 몇 권 있는데, 아이들에게 이런 책을 보여주고 읽어주면서 눈으로 보고, 손으로 만지고, 냄새 맡고 땀 흘리며 함께 텃밭농사를 지어보면 더 좋겠지요?

아이들 실망하지 않게 고사리 손으로 심은 작물들 잘 올라와주어 고마운 5월입니다.

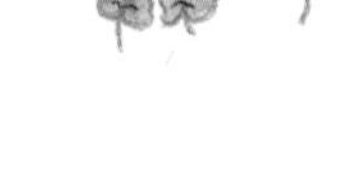

봄날에 부르는 봄노래

기다리던 싹이 올라오기 시작합니다. 감자 싹이랑 목화와 해바라기, 콩도. 도무지 아무런 변화도 없을 것 같던 땅에서 싹이 틉니다. 딱딱하고 조그만 씨앗에서 어떻게 저리도 부드럽고 연한 싹이 저토록 무거운 흙을 뚫고 올라오는 것일까? 해마다 봄이 되면 언제나 놀랍습니다. 광동리에서 농사짓는 할아버지에게 얻어 온 토종 민들레도 예쁘게 꽃을 피웠습니다. 이 녀석이 뿌리를 잘 내릴 수 있을까 걱정했는데… 고맙다, 민들레야.

지난 주 금요일에는 도서관 행사를 했습니다. 모처럼 아이들이 많이 놀러 와서 인형극을 보고 노래도 부르고 그림도 그리고 한 날. '대한민국 제1호 문인 부부'인 이원수, 최순애 그림책『고향의 봄』과『오빠 생각』을 보고 봄노래 여덟 곡을 불렀는데, 아이들은 지난해 동요 콘서트 때처럼 아는 노래, 모르는 노래 할 것 없이 다 따라 부르더군요. 모르는 노래는 0.1초 차이로 따라 부르는 아이들. 기타를 치며 보니, 노래 부르겠다고 제비 새끼처럼 입을 쫙쫙 벌리는 아이들 입모양이 어찌나 귀여운지요. 아이들이 한꺼번에 부르는 노랫소리를 들으며 갑자기 얼마나 마음이 뛰던지, 요사이 바쁜 일로 쌓인 피로가 싹 가시는 순간이었습니다. 지난해에도 그랬듯, 노래가 끝나고 엄마들이 가져온 간식을 함께 나눠 먹고 밖에 나가 봄꽃 그리기를 했습니다. 북적이는 아이들 틈에 강아지 깜실이도 모처럼 신나서 꼬리를 열심히 흔듭니다. 흙바닥에 아무렇게나 엎드려 꽃을 보고 그리는 아이들. 아들 승표는 시키지도 않았는데 누가 위험한 데 올라가는지, 누가 싹을 밟고 다니는지, 싸우는 아이들은 없는지 돌아다니면서 지켜보고 제게 와서 이르기 바쁩니다.

"저는 그림 못 그려요." 하는 몇몇 아이들에게는 서너살 동생들이 먼저 예술혼을 마구 불태워(?) 그린 그림을 보여 줬습니다. "나는 네 그림을 도서관 벽에 꼭 붙이고 싶은데." 했더니 쭈뼛쭈뼛 다가와 종이를 얻어 갑니다. 요 녀석들 그림은 특히 더 잘 보이는 곳에 붙여 주려고요. 한때는 누구라도 '막' 그리고 춤추고 노래했을 텐데… 저도 그렇지만, 나이 먹을수록 우리는 왜 '못 해'라고 여기는 것들이 많아질까요?

재잘대던 참새 떼 같은 아이들 모두 가고 썰렁해진 도서관이 어색합니다. 괜히 마음이 벅차서 도서관 의자에 드러누워 이 생각 저 생각. 귓가에 아이들 노랫소리가 아직도 들리는 듯합니다.

텃밭에 올라오는 파릇파릇한 새싹 같은 아이들아, 맑고 쩌렁쩌렁한 목소리로 시들시들한 어른들한테 기운 팍팍 줘서 고맙다. 동네 어른들 소금에 절인 배춧잎처럼 축축 늘어져 있으면 와서 또 노래를 불러 주렴.

베짱이 편지 19

내가 채송화꽃처럼 조그마했을 때

이준관

내가 채송화꽃처럼 조그마했을 때
꽃밭이 내 집이었지.
내가 강아지처럼 가앙가앙 돌아다니기 시작했을 때
마당이 내 집이었지.
내가 송아지처럼 겅중겅중 뛰어다녔을 때
푸른 들판이 내 집이었지.
내가 잠자리처럼 은빛 날개를 가졌을 때
파란 하늘이 내 집이었지.

내가 내가
아주 어렸을 때,
내 집은 많았지.
나를 키워준 집은 차암 많았지.

책보다 도서관 마당에 쌓인 흙과
주변의 오디나무가 아이들에게 더 인기있는
계절입니다.
햇볕, 흙, 하늘… 돌아보면 저를 키워준 집도
차암 많았던 것 같습니다.
도서관을 하며 아이들이 책을 보거나 그냥 쉬었다 가고,
마당에서 놀고, 지나가다 비를 피하러
들어오는 걸 보면서 마을마다 작더라도
도서관이 하나씩 있으면 좋겠다는
생각을 하곤 합니다.
집과 학교가 아닌, 마을에서
아이들이 안전하게 놀고
쉴 수 있는 터가,
품이 많아지면
좋겠지요.
아이들에겐 이준관 시인의
시에 나오는 '집'도
시끌벅적 함께
어울리며 커가는 '집'도
있어야 합니다.
훗날, 베짱이도서관도
아이들에게 그런
곳이었으면 차암
좋겠습니다.

이웃!

도서관을 연 지 일 년 반이 지나고 있습니다. 제가 혹은 누군가 생각하고 꿈꾸던 것을 몸소 해 보며 즐겁기도, 사람 관계에서 기쁘기도 힘들기도 했습니다. 서가에 꽂힌 책만큼이나 다양한 사람들 생각과 삶을 직접 겪는 시간이었다고 할까요. 제게 도서관은 직장이자 직장이 아니고, 이곳에서 하는 것들은 일이자 일이 아닙니다. 한국 사회에서 '직장'과 '일' 하면 떠오르는 그림과는 많이 다르다는 얘기지요.

누군가 펼친 생각에 뜻을 같이하는 이웃들이 단지 돕는 마음이 아니라 함께했고, 그래서 과정이 즐거울 수 있었습니다. 목표를 세우고 달려가야 하는 것이 아닌, 여러 생각들이 자연스럽고 자유롭게 마주치며 스스로 갈 길을 찾았습니다. 이끄는 누군가가 있으면서도 없는 동등한 관계. 그래서 좋았습니다. 회사 같은 직장에서라면 서로 너무 달라서 수없이 부딪쳤을 일을 그러지 않고 둥글게 넘어올 수 있었던 것은, 이곳이 어떠

한 이해관계도 없고 사회에서 이름 짓는 여러 소속들을 벗어나 오롯이 나를 만날 수 있는 도서관이기 때문입니다.

서로 다르지만 너도 나도 '어떻게' 살고 싶은 마음이랄까. 알고 보면 크게 다르지 않을 커다란 삶의 바탕을 이해하기 때문일 것입니다. 큰 줄기가 비슷하기에 작은 다름들은 대수롭지 않을 수 있는.

도서관 밖으로 한 발자국만 나가도 현실은 그렇지 않다지만, 수많은 책과 서로의 가슴 속에 담긴 보물을 함께 찾고 나누며 가다 보면 '언젠가는'이란 마음, 믿음이 있기 때문일 것입니다.

이웃이란 얼마나 소중한지요. 도서관에서 이루어진 일들이 조금이나마 따듯했다면 작은 손길이라도 보태고 싶어 한 이웃들이 함께했기 때문일 것입니다. 직장이자 직장이 아닌 이곳에서 일이 아닌 일을 하며 앞으로도 저는 계속 이웃을 만나게 될 것입니다. 이런저런 꼬리표를 떼고 진짜 사람과 사람으로, 꾸밈없이 자연스러운 그런 관계로요. 서가의 책들이 어느 누구에게도 강요하지 않고 조용히 우리에게 스며들 듯이 말입니다. 부족한 것 많은 제 옆에서 제 모자람을 채워 주고 북돋아 주는 이웃들이 있어 고맙습니다. 신기하고 놀랍게도 이만큼 도서관을 이어가는 것은 오로지 이 이웃들 힘입니다. '개미 친구'라 부르고 있지만, 알고 보면 가슴에 저마다 노래를 품고 사는 베짱이들.

아무도 찾아오는 이 없이 창문 틈새로 불어오는 바람과 지붕으로 새들만 바지런히 들락거렸던 시간들조차 의미가 있었습니다. 도서관 열기 전, 다른 도서관 관장님께 도서관을 하려면 뭐가 가장 필요하냐고 물었을 때 해 준 말씀이 생각납니다. "같이 술 한 잔 하면서 얘기 들어 줄 친구 한 명이요."

500일 넘게 도서관 문을 열고 있습니다. 500일 넘게 아이들, 이웃들과 함께하고 있습니다. 고마운 친구들과 술 한 잔 기울이고 싶은 밤입니다.

약 처방

며칠 몸이 아파 주말 내내 집에서 뒹굴었습니다. 잘 알아채지 못했는데 요사이 저도 모르게 피로가 쌓였나 봅니다. 덕분에 이틀 쉬면서 책도 마음껏 봤습니다.

권정생 선생님과 이오덕 선생님이 주고받은 편지글을 읽으며 함께 마음이 기쁘기도 슬프기도 했습니다. 아픔을 벗 삼아 시골집에서 마음껏 아프고 외로울 수 있어 좋다고 했던 권정생 선생님, 그보다 먼저 세상을 떠난 이오덕 선생님. 편지를 보며 깊이 마음을 나누던 친구가 먼저 세상을 떠났을 때의 슬픔과 쓸쓸함, 허전함이 제게도 함께 밀려왔습니다. 책을 덮고서 한참 숨고르기를 해야 했습니다.

너무 일찍 세상을 떠나버린, 사랑하고 존경하는 이관희 님 책 『선생으로 사는 길』. 이관희 선생님이 그리워서 눈물이 쏟아졌습니다. 듣던 음악 소리를 괜히 키웁니다. 책을 보며 마음을 흠뻑 적시고 나니 무겁던 어깨가 좀 가라앉습니다.

세상 모든 존재들에 생명을 불어넣는 일은 얼마나 값진 일인가요. 어떤 한 순간을 포착해서 달리 빚어내면 그것은 다시 태어납니다. 문학은 삶의 순간을, 스쳐 지나가는 생각의 찰나를 놓치지 않고 문장이라는 형태로 빚어내는 일. 예술도 마찬가지겠지요. 눈에 보이지 않는 것들이 정말은 보이지 않는 것이 아니라고.

하루 종일 놀았습니다. 실컷 책 보고 음악 듣고 기타 치며 놀았더니 몸이 한결 가벼워졌습니다. 아마도 다른 생명이 저에게 숨을 불어넣어 주었기 때문인 것 같습니다. 베짱이한테는 이런 게 약일까요? 내일은 다시 씩씩해져야겠습니다!

베짱이 편지20

스무번째 소식지를 냅니다.

생각해보면 그동안 아이들은 도서관에서 열심히 책도 보았지만
도서관 안팎을 오가며 신나게 뛰어논 시간이 더 많았던 것 같습니다.
그러다 누군가 책 읽어주는 목소리가 들리면
시끌벅적 아이들의 넘치는 기운은 마법처럼 잠잠해집니다.

아이들은 이야기를 먹고 자라나봅니다.

스무 번째 소식지를 만들며

벌써 스무 번째 도서관 소식지를 만듭니다. 달마다 만들지만 언제나 새롭습니다. 이번 달에는 뭘 그려 볼까 생각하다가 4학년 여자아이들이 재미나게 책 보던 때가 생각나서 그 모습을 그려 봤습니다. 그리다 보니 그림이 너무 진지해진 느낌이 들어 익살스럽게 바꿔 보았습니다. 제 안에 이런 개구쟁이 (특히 맨 오른쪽 아이) 모습이 있을지도.

도서관 바깥은 옥수수가 지천입니다. 키 큰 옥수수 잎이 바람에 살랑거리는 모습을 보는 일은 참 좋습니다. 소식지 뒷면에 옥수수를 그려 보려고 나갔다가 한참을 바라보았습니다. 연습장에 그림을 그리고 소식지에 옮겨 그리려 했는데, 그게 더 힘들 것 같아 소식지 종이를 들고 나가 그렸습니다. 투박하고 좀 거칠긴 해도 직접 보고 그린 그림은 살아 있는 느낌이 나서 훨씬 좋습니다.

소식지 안에 들어갈 내용을 쓰고 또 씁니다. 한 번에 쓰는 경우는 거의 없습니다. 글을 손으로 쓰면 삐뚤빼뚤 글씨가 흐트러지거나 글자 간격을 잘못 맞춰 종이가 남거나 모자라기도 하기 때문에 다시 쓰곤 합니다. 글씨가 마음에 들지 않을 때도 다시 씁니다. 여러 번 쓰다 보면 손이 아플 때도 있지만 고마운 개미 친구들에게 이만한 정성 없이 보내고 싶지 않습니다.

드디어 복사. 도서관 문 열고 첫 달에는 사십 부 정도 인쇄했는데 지금은 칠십 부 정도 인쇄합니다. 프린터기가 오래 된 거라 아홉 장마다 숫자 버튼을 다시 눌러야 해서 번거롭긴 하지만, 모든 작업을 끝내고 복사 버튼을 누를 때의 가뿐함이란! 한 번에 만들어진 적 없어 늘 두꺼워지는 소식지 원고를 몇몇 분들이 보고 싶어 하길래, 도서관 2주년 될 즈음에 전시를 할까 생각 중입니다. 여기저기 실수투성이였던 걸 보게 되겠지요.

소식지 담아 보내는 봉투가 다 떨어져서 며칠 전에 새로 주문을 해 놓았습니다. 천 장을 어느새 다 썼습니다. 새로 주문하는 날은 왜 그리 마음이 무거운지요. 과연 이 봉투와 종이, 우표를 아깝지 않게 하고 있는 걸까 하는 생각 때문입니다. 하지만 잘 만들어야지, 잘 써야지 하는 순간 한 글자도 써지지 않고 앞으로 나아가지 않는 경험을 여러 번 했습니다. 그래서 매번 다짐하는 건 '솔직하자, 정성을 다하자.' 이 두 가지입니다. 제 역량껏, 제 그릇만큼.

그래도 천 장이나 되는 봉투를 다시 주문하고서 마음이 무거운 건 어쩔 수 없나 봅니다. 스스로를 돌아보게 되는 밤입니다.

온통 고지서만 온 개미친구들 우편함에 달마다 진짜 편지를 보내고 싶어서 하는 일. 힘이 들때도 있지만 베짱이 편지를 부치러 우체국 가는 날은 언제나 발걸음은 가볍고 마음은 홀가분하다.

베짱이 편지 21

아이를 키우며 그림책이 좋아졌고 다시 동화책도 읽게
되었는데 도서관 하면서부터 더욱 어린이책을 사랑하게
되었습니다. 마음이 헛헛할 때나 머릿속이 복잡할 때
그림책이나 동화책 한 권을 읽고나면 뭔가 맑아지고
순해지는 느낌이 좋습니다.
어린이책이 비단 '어린이'책이기만 할까 생각을
해 봅니다. 박완서 선생님이 말씀하신 '좋은
이야기'에 대한 것은 우리 어른들에게도
해당되는 말이지 않을까요?
부러 시간을 내어 책읽는
일이 갈수록 힘겨워지는 요즘,
아이들에게 책 한 권 읽어주면서
함께 '보다 나은 세상을 꿈꿔'
보시는 건 어떠실지요~.

나는 이렇듯 이야기가 풍부한 집에서 태어난
걸 어떤 부잣집에 태어난 것보다 큰 복으로
알고 감사하고 자랑스럽게 여기고 있다.
서정주의 시에서 빌려다가 한마디 하자면
나를 키운 건 팔할이 이야기였다.
…… 나는 작가가 되었으니까 그렇다고 쳐도
음악이나 미술, 과학이나 법학을 하려면 그까짓
이야기가 무슨 소용인가, 공연한 시간낭비지
하는 생각도 있을 수 있으리라고 생각하나
그건 절대 아니다. 좋은 이야기는 상상력을
길러주고 옳은 것을 알아보게 하고, 사람과
사물에 대한 사랑의 능력을 키워주고, 보다 나은 세상을
꿈꾸게 한다.
내가 이 글에서 이야기가 풍부한 집이라고 말한 건, 요즘 세상에서는
아마도 어릴 때 책 읽어주는 엄마 아빠, 조금 자라서는 좋은 동화책을 마음껏
즐겨볼 수 있는 환경과 같은 뜻이 되리라고 생각한다.

박완서 산문집, <세상에 예쁜 것> 중에서…

도서관에서
그림책 읽어주는 아빠.

아이들이 가장 좋아하는 공간

도서관 안에서 아이들이 가장 좋아하는 공간은 이층 침대를 손질해서 새로 짠 공간입니다. 침대 아래는 작은 커튼을 쳐서 가릴 수 있게 해 놓았는데 그곳에서 아이들은 책도 보고 숨어서 놉니다. 도서관이 한 번씩 놀이터로 바뀔 때가 있는데 그럴 때마다 그곳은 아주 멋지게 변신합니다. 아이들은 주로 작은 책상, 의자, 방석, 책들로 집을 짓는데 이제껏 한 번도 같은 모양 집을 본 적은 없습니다. 책 놓을 공간이 부족하니 이층 침대를 없애고 거기에 책꽂이를 더 놓으면 어떻겠냐는 이야기도 듣지만 도서관이 책으로만 꽉꽉 둘러찬 곳이기보다는 여기저기 숨 쉬는 공간이 있어야 한다 생각합니다.

편해문 씨는 책에서, 가장 이상적인 놀이터는 거리와 골목과 마당을 포함해 '놀이기구 없는 놀이터'라 했습니다. 그런 점에서 본다면 흙, 나무, 텃밭, 돌이 어우러진 도서관 바깥은 훌륭한 놀이터라 할 수 있겠지요.

친구들과 다투어도 아이들은 놀면서 가볍게 풀어냅니다. 도서관에서 투닥투닥 싸우던 녀석들이 마당에서 서로 한뜻이 되어 다시 노는 경우를 여러 번 보았습니다. 한 번 틀어지면 쉽게 회복하기 어려운 어른들과는 참 다른 것 같습니다.

아이들에게 놀이는 단순히 노는 것 이상의 중요한 소통 수단이지 않을까요?

베짱이편지22

비오는 날.
제주시 구좌읍 종달리에 있는 '소심한 책방'에 들렀다.
비를 피해 들어왔을까 …책을 보러 혹은 사러 왔을까.
좁은 책방이 사람들로 바글바글했다.
서가를 둘러보니 작은출판사의 책들이 많았는데 책방지기님께 물어보니
1년이 조금 넘었다고 한다.
이 곳까지 찾아오는 사람들 중에는 관광객도 꽤 많을텐데
백석 시집을 한 권 사들고 나오며, 아무쪼록 사진만 찍고 가는 사람보다
책 한권씩 품에 안고 가는 이들 많길 바란다고 덕담삼아 인사를 건네었다.
조그만 시골 동네에 작은 책방을 여는 일은 책으로 하는 '사업'이 아닌
뜻대로의 '삶을 살아가는 일'임을…
낯선 여행지에서의 짧은 만남이었지만 '책'이라는 공통분모가 있기에 무척이나
정답게 여겨졌던 '소심한 책방'이 소소한 즐거움들로
오래오래 그 자리를 지켜나가기를.

책방 문화문고

김종광 작가 소설 『별의 별-나를 키운 것들』을 읽었습니다. 맛깔난 충청도 사투리로 쓰인 책을 덮고 나니 어제 오늘은 제가 자란 동네, 저를 키운 것들 생각이 납니다. 제 감성과 지성을 채워 준 책방들도 그 중 하나입니다. 마산 시내 창동에 아직도 건재한 '학문당'과 지금은 사라진 '문화문고'. 문화문고는 2003년, 마산을 강타해서 많은 사람 목숨을 앗아간 태풍 매미로 큰 피해를 입어 그만 문을 닫았습니다. 저는 문화문고를 참 좋아했습니다. 늘 따뜻했던 그곳은 은은한 불빛 아래 클래식 선율이 잔잔히 흘렀고, 무엇보다 책을 읽고 그냥 가도 그다지 눈치가 보이지 않던 곳이었습니다. 문화문고 단골손님이라던 마산 시인 이선관 님을 근처 골목에서 마주친 기억도 떠오릅니다.

이선관 시인 뿐 아니라 마산에서 나고 자란 많은 문인들이 문화문고를 좋아했을 것입니다. 지금도 그때 생각을 하면 가슴이 아픕니다. 십 대와 이십 대, 푸른 제 청춘의 기억과 추억이 담겨 있는 곳이기에. 문화문고에 대한 마지막 기억은, 태풍에 휩쓸리고 물에 잠겨 흠뻑 젖은 책들을 바깥에 주욱 펼쳐 놓고 말리던 모습입니다. 가져갈만한 책은 아무나 다 가져가라 했는데 뭐 건질 게 없나 살펴보던 사람들 모습도 생각납니다. 책방에서 누군가를 기다리고, 누군가에게 줄 책을 두근거리는 마음으로 고르던 그때는 다시 돌아오지 않겠지만, '별의별 나를 키운 것들' 중에서 분명 문화문고에서의 시간은 크고 오래도록 제 마음 언저리에 남아 있을 것입니다. 바닷가 근처 책방, 그래서 문을 열 때마다 훅 따라 들어오던 바다 냄새도 함께. 지금 제가 마을에서 도서관을 하고 있는 것도 어쩌면 그 시간들이 소리 없이 쌓였기 때문인지도 모르겠습니다.

베짱이 편지23

도서관을 열고서 지금껏 꾸준히 하고 있는 일이
우리동네 이웃의 서재 전시입니다.
이번달에는 아이들 책과 작품전시를 하고
있는데, 아이들이 서로의 관심거리와
취미에 대해서 이야기하고
알아가는 모습이 좋습니다.

깊어가는 가을,
10월 마지막 토요일에
'김광석, 그리고 우리들의 이야기'
낭독콘서트를 엽니다.
이웃들의 책이
마을에서 살아가고 있는
우리들을 이어주고 있는 것처럼
이번에는 이웃들이 직접
쓴 글과 이야기를 만나보려
합니다.
가수 김광석의 따뜻한
노래들과 함께.
이웃의 추억과 삶을
듣고 만나는 일은
마을에서 '따로 또 같이'
살아가는 우리들에게
소중한 시간이 되리라 생각합니다.

가을, 시

초등학교 5학년 때 쓴 일기장을 펴 보았습니다. 어떤 날은 짤막한 시로 일기를 대신하곤 했는데, 담임선생님께서 '동시를 적은 후에는 반드시 느낌이나 생각을 적어 보자.' 라던가 '일기장에는 일기만 썼으면 좋겠구나.' 같은 글을 달아 놓으셨습니다. 느낌이나 생각을 담은 시에 또 다시 생각을 적으라니요. 중학교 올라가서는 시를 주로 교과서에서 만났는데 밑줄 그으며 늘 첫 번째, 두 번째 풀이를 받아 적은 기억이 납니다. 고등학교 3학년 때 처음으로 시가 좋아졌습니다. 독서실에서 머리에 들어오지도 않는 책을 펼쳐 놓고 씨름하던 어느 날, 이생진 시집 『그리운 바다 성산포』를 알게 되었습니다. 좁고 어두운 그곳에서 시를 읽고 또 읽으며 거침없는 파도와 마주 선 것처럼 얼마나 가슴이 울렁거리던지요.

성산포에서는

언제가 산이 바다에 항복하고

산도

바다처럼 누우리라

– 이생진, 「산」

마냥 답답하기만 했던 고3 시절에 넓고 푸르른 바다를 노래한 시들은 제 마음을 받아주는 좋은 친구였습니다.

도서관에서 이웃들이 잘 찾지 않는, 가장 '인기 없는' 책들은 시집입니다. 아리송한 시어들이 어렵게 느껴지기 때문일까요? 언제부터인지 저는 시를 입말로 읽는 순간 그때 가지는 느낌만으로도 참 좋구나 하는 생각이 들었습니다. 온갖 갈래 모습과 감정을 가진 시어들이 특정한 공간에서 소리와 만나 새로운 울림으로 다가오는 듯한.

삶을 긴 글로 펼칠 수 있겠지만 시로 노래할 수도 있습니다. 지금 도서관에서 시와 그림을 전시하고 있는 마을 이웃 홍철욱 님 시를 읽습니다. 시가 우리 곁에 있음을 알게 해 준 이웃님께 고맙습니다.

바람이 분다, 연보라 꽃을

다 떨군 梧桐이 가지를 들어

아래를 본다, 여기저기 모여 사는 이들이

정답다, 땅에 붙어 사는 것들이
살갑다, 흙에 손 담그고
무언가 키워내는 손,
바람이 분다, 상수리는
가을에 떨굴 열매를 차비하고
찔레 열매며 도토리 몇 알을 벌써 챙겨두려는 아이가 있다

다시, 바람이 분다
날이 저물기 전, 달이 떠 있을지라
후적후적 길 가다가도, 돌아보며는
– 홍철욱, 「돌아보며는」

가을입니다. 나무들이 저마다 빛깔로 물들어가는 것도 '시'요, 낙엽을 밟을 때마다 들리는 소리도 '시'입니다. 곁에 있는 시를 보고 느끼며 어딘가에 꽂아 둔 시집을 펼쳐 소리 내어 읽어보는 건 어떠신지요. 한 편 시를 읽는 순간, 우리 마음에 한 줄기 맑은 바람이 불어오지 않을까요?

베짱이편지 24

가을에 아름답게 물들어가는 나무들을 보면
그저 하나의 '무성한 초록'이 아닌, 갖가지 빛깔을 지닌 나무들이었음을 알게 됩니다.
낭독콘서트를 하면서,
우리들 각자가 빛나는 나무들임을 느낍니다.
함께일 때 더 아름다운 숲이 될 수 있음도…

베짱이 도서관을 연 지 어느덧 2년이 되었습니다.
서로 어깨동무하고 살아가지만 홀로 우뚝 서 푸르른 나무들처럼
이웃과 더불어 소통하며 각자의 삶을 이야기하는 친구로서
책과 도서관을 벗 삼아주세요.

2년이란 시간, 함께 만들고 채워주셔서 고맙습니다.

낭독 음악회를 열다

지난 토요일, 낭독 음악회를 열었습니다. 전날 밤에는 온몸 세포가 살아 있는지 거의 한 시간마다 깼습니다. 아침부터 떨려서 심장이 벌렁벌렁.

스텝을 자청하는 동네 여인네들이 아침에 순서지를 만들어 주었습니다. 백 장 인쇄. 뒷장에는 지난번 소식지에 그린 김광석 그림과 함께 마지막 순서에 같이 부를 '나의 노래' 가사를 실었습니다. 이번 음악회에는 사전 리허설과 당일 리허설, 두 번을 했습니다. 지난해에는 처음 하다 보니 정신없이 치렀지만, 올해는 출연하는 분들끼리 미리 얼굴도 익히고 차 한 잔 하면서 인사 나누는 시간이 있으면 좋겠다고 생각해서 두 번을 했는데 하길 참 잘했다는 생각이 들었습니다. 낭독 음악회를 완성도 있게 하는 것만 중요한 게 아니라, 한마을에 사는 이웃끼리 서로를 알고 게다가 음악과 노래가 부드럽게 다리를 놓아 주니 얼마나 좋은지요. 모든 건 과정인 것 같습니다.

우리 동네 밴드인 '나이롱밴드'에서 하모니카와 함께 '이등병의 편지'를 첫 곡으로 무대를 열어 주었습니다. 음악 순서를 정하며 많은 고민 끝에 이 곡을 처음으로 했는데 예상대로 어수선한 분위기를 잡아 주었습니다. 보컬인 현지 아빠의 담백한 목소리를 들으니 마치 소극장에서 가수의 노래를 듣는 듯한 기분이 들었습니다.

진일숙 님이 '퇴촌에서 만난 산'을 첫 낭독으로 해 주었습니다. 어린 시절 아버지가 들려준 산에 관한 이야기부터, 우리 동네와 둘레 산을 다니며 느낀 점을 낭랑한 목소리로 들려주셨어요. 낭독을 들으며, 저와 함께 했던 고향의 산이 떠올랐습니다. 해 넘어가는 산을 바라보며 참 많은 상상을 했는데… 그리운 것들은 지금도 산 뒤에 있을까요?

이어지는 우쿨렐레 팀 '푸른숲'의 '바람이 불어오는 곳' 노래와 연주. 밝고 은은한 우쿨렐레 음색과 리코더 소리가 노래와 참 잘 어울렸습니다.

다시 한 번 '나이롱밴드' 등장. 이번에 부른 노래는 '흐린 가을 하늘에 편지를 써'. 계절에 딱 맞는 선곡이라 정말 좋았습니다. 자연히 모두 따라 부르게 되더군요.

이어지는 이경화 님 '나의 퇴촌살이' 낭독. 1987년에 쓴 엄마의 일기와 지금 퇴촌에서 살아가며 쓴 자기 일기를 낭독했는데 재미와 감동이 물밀듯이!

다음에는 아이들 협연 '두 바퀴로 가는 자동차'. 국악 피리 연주를 하는 도욱이가 멜로디를 맡고, 전주와 간주, 후주는 승표가 멜로디언으로, 지인이는 탬버린, 도훈이는 트라이앵글, 도욱이 엄마가 타악기, 제가 기타로 리듬을 맡았습니다. 우리 집에 있는 악기들로 노래를 한번 만들어 봤는데 곡과 어울리게 잘 구성되었습니다. 아이들은 박수를 엄청 받았습니다.

다음 순서는 정태희 님이 부른 '서른 즈음에'. 정태희 님은 음악회 때 음향과 조명, 아이들 관리 등 여러 모로 애써 주셨습니다. 베짱이 책놀이터 때도 아이들에게 정말 재미있게 책을 읽어 주셨는데, 노래까지 멋지게 부르시고! 이제 베짱이도서관에 없어서는 안 될 소중한 이웃님.

이어지는 김민정 님 글, '단상' 낭독. "눈물로 이겨내는 삶의 무게는 누구도 가볍지 않다. 작은 아이라도 죽을 만큼 힘든 아픔을 지날 수 있는 것이다. 언젠가부터 나만큼 아프냐고, 내 고통보다 크냐고 할 수 없게 되었다. 그저 언제든 잡고 싶은 따뜻한 손이 되고 싶을 뿐이다." 낭독과 딱 맞는, 김마리 님 '사랑이라는 이유로' 피아노 연주.

다음으로 기타렐레팀 연주와 조소영 님 노래로 듣는 '잊어야 한다는 마음으로'. 허스키 저음인 소영 님의 매력적인 목소리! 콘트라베이스와 피아노 연주, '거리에서'. 이 곡은 원래 홍희숙 님이 노래하기로 했는데 감기 때문에 목소리가 안 나오셔서 급하게 콘트라베이스를 섭외했습니다. 묵직하고 깊은 콘트라베이스 소리가 마음을 울렸습니다.

이어지는 송지연 님 낭독. 김광석 에세이 『미처 다 하지 못한』 중 한 대목. 선택 혹은 도전에 관한 내용인데, 김광석 그도 우리와 똑같은 고민을 하고 살아간 사람임을 알게 해 준 글입니다.

이현철 님 '일어나' 노래. 이번 음악회에 참여하려고 기타를 27년만에 잡았다는데, 해 본 가락이 있어서인지 잘 치시더군요. 몇 십 년 만에 기타를 잡고 손가락 아프도록 연습하며 노래하는 과정이 좋으셨겠지요. 모두 따라 불렀던 "일어나~ 일어나~ 다시 한 번 해 보는 거야."

함께 웃고 노래하고 박수쳐 준 마을 이웃님들, 사회를 보고 준비하는 과정에서 며칠 밤새우며 애써 주신 홍철욱 님. 둘러보니 사랑하는 마을 이웃들이 많아졌습니다. 도서관 열기 전에는 아무도 몰랐는데…. 2년 만에 이루어진 기적 같은 일입니다. 룰루랄라 기타팀 연주에 맞춰 마지막 모두 합창 '나의 노래'.

낭독 음악회를 마치고 며칠 지났지만 지금까지 마음 언저리에 머뭅니다. 음악으로 함께 웃고 마음이 열리는 순간이 참 즐겁습니다. 문화의 힘이란 이런 것일까요. 낭독해 준 이웃들 목소리도 귀 기울여 듣게 되는 음악이었습니다. 다음에는 낭독회만 한번 해볼까요?

책을 읽는 일도 수많은 사람들 생각과 삶을 느끼고 배우며 내 삶을 조금씩 밝혀가는 일 아닐까요. 내가 살고픈 길을 찾고 당당하고 넉넉하게 자기를 표현하고 살아가기 위한, 결국은 '나의 노래'를 부르기 위함이 아닐까요. 그런 뜻에서 보면 이번 '우리들의 이야기' 낭독 음악회는 도서관으로서도 큰 의미가 있는 자리였습니다.

책놀이터와 낭독 음악회로 10월은 바빴습니다. 몇 달간 칠 기타를 다 친 것 같기도. 이제 베짱이의 본분으로 돌아가 당분간 책이나 보면서 아무것도 안 하고 놀아야겠습니다. 낭독 음악회를 함께 만든 모든 분들 정말 고맙습니다.

베짱이 편지 25

늦가을, 쑥부쟁이

도서관 옆에 피어 몇달동안 나를 즐겁게 해주던 쑥부쟁이.
햇살과 가끔씩 내린 비와 심심치 않게 놀러와 준 벌레들마저 사랑했을.
한 자리에서 마음을 다해 피었던 그 꽃이 있던 자리에
이제 흔적만 남았다.

나는 올 한해 그만큼 열심히 살며 사랑했을까.

새해에도 즐겁게 달려 보겠습니다!

12월이 되었습니다. 한 해 한 해 나이를 먹을수록 시간이 흐르는 속도가 더 빨라진다고 들었는데, 올해는 더욱 그랬던 것 같습니다. 도서관에서 했던 활동들은 주로 가까운 이웃들 삶과 생각을 들여다보고 나누는 일이었습니다. 그럴 때마다 기꺼이 함께한 이웃들이 있어, 그 활동들이 더 빛날 수 있지 않았나 생각합니다. 올 한 해 보람 있고 뿌듯했던 순간을 떠올려 봅니다.

썰렁했던 도서관 벽을 아이들이 그린 아기자기한 그림들로 채운 일, 우리 마을 사진전, 제비 새끼처럼 입을 벌리며 노래하던 아이들 티 없는 얼굴, 마을 이웃들과 함께한 낭독 음악회.

도서관 뒷마당에 텃밭을 만들어 감자를 심고 캐서 아이들과 함께 나누어 먹은 일, 볍씨를 심고는 마침내 튼실한 알곡을 거두어들인 일은 아들 승표에게도 잊지 못할 추억이 되겠지요. 승표가 도서관 마당에서 흙, 돌,

물, 풀만으로 몇 시간 놀이에 흠뻑 빠져 있던 모습이 떠오릅니다. 해가 다르게 몸과 마음이 부쩍 자라는 아이에게 도서관을 운영한다는 핑계로 신경을 못 써줄 때가 많아 늘 미안한데, 그래도 이렇게 좋은 환경 속에서 실컷 놀 수 있는 것은 제가 그나마 아이에게 줄 수 있는 선물이지 않을까 하는 생각이 들었습니다.

'책놀이터' 때 마을 노래모임 어머니들이 오셔서 아름다운 목소리로 가을 노래를 불러주시던 일도 떠오릅니다. 이날, 학교도 나이도 다른 아이들이 한데 어울려 긴 줄넘기를 하며 즐거워하던 것과 '과자 따먹기' 게임을 하겠다고 네 살부터 열네 살까지 줄서서 기다리던 모습도요. 책과 관련된 여러 놀이를 하는 책놀이터는 올해 처음 했는데 그래서 모자란 점도 있었지만 손질해서 다음해에도 하면 좋겠다 생각합니다.

시간과 마음을 내어 아이들에게 책을 읽어 준 이웃들께도 고맙습니다. 지금은 주마다 화요일 5시에 안세정 님이 오시는데 얼마 전 셋째 아이를 낳고 여러모로 힘든 와중에도 와서 즐겁게 책을 읽어 주십니다. 아이들도 그 마음을 아는지 "오늘은 키키 아줌마 오시는 날이다" 하며 좋아합니다. 물론 그림책을 즐기는 저도 이 시간을 기다립니다.

실은 올해 11월이 도서관 공간 계약 만료가 되는 때라 집주인이 혹 무슨 얘기를 하지 않을까 걱정했는데, 다행히 아무 말씀 없으셔서 저절로 한 해 더 할 수 있게 되었습니다. 도서관을 처음 열 때는 제 생각이 많이 담겨 있었지만 지금은 많은 분들에게도 소중한 곳이 되었는데, 서로의 시간과 의미가 쌓인 이 공간에도 언제든 변수가 있을 수 있다고 생각하니 무척 막막했습니다. 이렇게 훌륭한 자연 환경과 아이들 마음껏 뛰놀기 좋은 마당을 가진 곳은 또 찾기 힘들 텐데 싶어서요.

어쨌든 한 해 더 할 수 있으니 이런저런 걱정은 일단 접어두기로 했습니다. 고민거리가 생긴다 해도 곁에 든든한 도서관 친구들이 있으니 함께 머리를 맞대면 좋은 수가 생기겠지요. 넉넉한 마음 받아 새해에도 즐겁게 달려 보겠습니다!

베짱이 편지 26

화요일마다
책을 읽어주러 오시는 키키님 주위로 올망졸망 모여있는 머리들이
귀엽습니다.
때로는 "오늘 책은 다 재미없어요. 이거는 재있고 이거는 별로에요~."
라고 할 때도 있지만 재미가 있든 없든,
눈을 맞추며 이야기를 들려주었던 누군가의 따뜻한 목소리, 그 쌓인 시간들이
어렴풋이 몸과 마음 어딘가에 남아
나중에 아이들이 어른이 되어 만날지도 모를 힘든 순간에
다시 일어설 수 있는 어떤 힘이 되어줄 거라 믿습니다.

묵묵히 '우주의 한 귀퉁이'를 지키고 있는 친구들

서울 홍제동에 23년 된 헌책방 '대양서점'이 지난해 12월 31일로 문을 닫았다는 소식을 신문에서 읽었습니다. 안타까웠지만 한편으로 가까운 거리에 아들이 운영하는 책방 '기억속의 서가'가 그 씨앗을 잘 이어받아 또 다른 얼개로 씩씩하게 책 살림을 꾸려 나갈 것이라는 생각이 듭니다.

'기억속의 서가'는 예전에 사진책도서관 최종규 관장님과 헌책방 나들이를 함께하며 가 본 적 있습니다. 그때 제가 책방지기님께 어린이 책을 좀 추천해 달라고 하니 "저는 어린이 책엔 별로 관심이 없어서요."라던가, 최종규 님과 이런저런 이야기를 나누는 중에 "언젠가 TV 촬영을 하자고 해서 했더니 애써 배열해 놓았던 책들이 다 흐트러져서 화가 났다. 앞으로는 안 할 거다."라고 하신 말씀이 참 신선했습니다.

꼭 책방이 아니더라도 장사를 하는 곳이라면 흔히 손님들 뜻에 맞추려 한다든가, TV에 나온 모습을 잘 보이는 곳에 붙여 놓고 광고하기 일쑤니까요. 솔직하고 나름의 고집과 철학이 있기에 지금까지 또 앞으로 꾸준히 자리를 지키며 여러 책손들에게 사랑받을 수 있겠구나 하는 생각이 들었습니다. 도서관을 하려면 무엇보다 자리를 지키는 일이 힘들 거라며 저에게 이런저런 도움 될 만한 말을 해 주었는데 그 말씀을 들으면서, 도서관에 오는 이웃들과 소통하며 일을 잘 나눌 수 있어야 즐겁게 오래 이어 갈 수 있겠다는 생각이 들었습니다.

진주 '소소책방'지기 조경국 님이 낸 잡지《소소책방일지》를 보면 동훈서점 책방지기 이야기가 담겨 있습니다. '책방 문을 연다고 해서 일하는 것은 아니다. 나에게는 책방이 안정적인 공간이다. (중략) 고향 같은 느낌이다. 책방에 있을 때 가장 편안하다.' 고 한 부분을 읽으며 '그래, 자리 지키는 일을 괴롭고 힘들다 여기지 말고 책과 이웃과 벗하며 내가 편히 있고 싶은 곳으로 만들면 되지.' 하는 생각이 들었습니다. 그러면서 뜻과 생각이 분명한 책방지기들이 오늘도 곳곳에서 꿈을 슬기롭게 펼치고 있구나 느꼈습니다.

묵묵히 '우주의 한 귀퉁이'를 지키고 있는 친구들을 떠올려 봅니다. 홍동 그물코출판사, 고흥 사진책 도서관, 분당 그림책 노리… 만나면 주고받을 이야기가 많을 것 같은 여러 도서관과 책방들. 현실은 호락호락하지 않지만 '그냥' 시작했던 그 첫 마음으로 오늘도 자리를 지키고 있는 그들의 용기와 뚝심에 응원과 박수를 보냅니다. 오늘도 소리 없이 세상을 이루는 나무들이 있어 숲은 조금씩 조금씩 푸르러지나 봅니다.

베짱이편지 27

'귀신선생님과 진짜 아이들' 작가인
남동윤 선생님이 만화강연을 하러 도서관에
오셨다. 부천에서 퇴촌까지 배낭 하나 가득
선물을 이고 지고 온 작가님.
12년만에 처음 쉬는 중이라는데
이럴때 푹 쉬면 좋을텐데
불러 연락해오셔서
이 멀리까지
귀한 발걸음
해 주셨다.
노트
엽서
책
액자
초코파이
포스터
작가님은 알고 봤더니
나와 같은 고향 (경남 마산)
출신이다.
오랫만에 듣는 정겹고 구수한
고향사투리.
에헴~ 최대한 표준어로 말하도록 해볼게요~.
ㅋㅋㅋ
'자기 얼굴 캐릭터 그리기' 시범에
5살 율이가 당첨되었다.
남동윤 작가와의 만남
덥다고 내복차림. 억지로 웃고있음.
얼굴형은 ...... 동그랗죠?^^ 좋아하는 게 뭐에요?
율아~ 웃어웃어
먹는거요.
먹는거 전부다요~
저는 올해 중학교 입학해요.
도욱아빠 특징: 재미있는 말을 많이 하고 역사에 대해 아주 많이 안다. 항상 피곤해한다.
저는 웃을때 볼살이 드러납니다.
자기얼굴 캐릭터 그리기 실습.
열정을 다해 강연을 마치고도
거의 1시간 30분동안 정성껏
사인을 해주고
캐리커쳐도 그려주신
작가님.
긴 시간동안
아이들 하나하나
마음을 다해
대해주셔서
정말 고맙습니다.
도서관을 운영하는
저에게도, 아이들에게도
오래오래 기억에 남을 하루가 될것 같습니다.

오늘 기록한 글

새해부터 마을 사람들과 '책 읽기와 필사' 모임을 시작했습니다. 직업이 직업인지라 책을 꾸준히 읽는 편이지만 몇 달 지나니 기억이 가물가물 하기도 하고, 읽은 것들을 누군가와 나누며 생각을 확장해 나가는 시간이 많이 부족해서 이웃들과 함께해 보기로 했습니다. 대학 때도 필사 노트가 있었는데 지금 읽어 봐도 그 글을 적어 내려갈 때 느낌과 감동이 어렴풋이나마 되살아납니다. 어떤 문장은 제 인생 좌우명이 되기도 했구요. 우연히 펼친 책에서 평생 붙들어 가고픈 문장 하나를 발견했을 때의 기쁨이란! 15년이 흐른 지금, '덜 갖고 더 많이 존재하라'라는 그 문장을 도서관으로 인해 아주 조금은 제 삶에 녹여 낼 수 있었던 것 같습니다.

첫 책으로는 칠곡 할머니들이 낸 시집 『시가 뭐고?』로 정했습니다. 평균 나이 여든 넷, 술술 읽어 내려갈 만큼 쉽게 쓰인 할머니들 시는 녹록치 않고 결코 쉬울 수 없었던 몇 십 평생 삶이 오롯이 담겨 있습니다.

마늘을 캐가지고
아들딸 다 농가 먹었다
논에는 깨를 심었는데
검은깨 농사지어서
또 다 농가 먹어야지
깨가 아주 잘났다

– 박차남, 「농가 먹어야지」

책 한 권을 읽고 이야기 나누는 시간이 좋은 건 옆 사람 생각과 목소리를 들을 수 있기 때문이 아닌가 싶습니다. 책을 쓴 작가는 뚜렷한 생각줄기를 갖고 글을 썼겠지만 읽는 독자는 자기 삶에 비추어 다양하게 생각가지를 뻗게 되는데, 저마다 다른 그것을 조율해야 할 필요 없이 누군가의 생각을 '듣는 일'만으로도 충분히 의미 있는 시간이지 않을까 하는 생각이 들었습니다. 대학 이후로 참 오랜만에 마음에 드는 책 속 구절을 옮겨 적으며 참 좋았습니다. 시간이 흘러 지금 필사하고 있는 이 공책을 열어봤을 때 글을 쓰며 가진 생각, 느낌, 나아가 그 구절을 곱씹고 받아 적을 때 공간과 어우러졌던 분위기까지 기억날 수도 있겠지요. 훗날에는 어떤 문장을 제 삶에 녹여 살아가고 있을까 궁금해집니다.

오항녕의 『기록한다는 것』을 읽습니다. 인상 깊은 한 구절 "앞선 일을 잊지 않는 것, 바로 그것이 뒷날 어떤 일을 할 때 스승 노릇을 한다."

그 문장을 이렇게 바꿔 읽을 수도 있을 것 같습니다. “오늘 기록한 글들이 훗날 내 생각과 삶을 만들어간다.”

어린이만화 〈귀신 선생님과 진짜 아이들〉을 지은 똥윤이 아재, 남동윤 작가는 오늘도 부지런한 걸음으로 아이들을 만나러 다닌다. 우리 도서관 아이들에게도 인기만점인 그는 마음이 참 따뜻한 사람이다. '착하다'는 표현이 딱 알맞춤한.

나는 그가 꼭 잘되면 좋겠다. 세속적인 성공만을 뜻하는 건 아니다. 자기 걸음으로 우직하고 성실하게, 그러면서도 선한 기운으로 둘레를 차츰차츰 밝히는 사람들이 행복해져야 하지 않을까? 그 많은 동화 속 이야기처럼. 그렇게 나아가는 세상의 방향이 옳다.

"동윤아~ 우옛든간에 몸 단디 해라이."

"누나도예.."

베짱이편지 28

부산 보수동 헌책방골목을 다녀왔다.
그곳에서 그동안 '그리움'이란 시 한편으로 알고있던 박용주시인이 89년 당시 열여섯 나이에 세상에 내놓은 첫 시집, <바람찬 날에 꽃이여 꽃이여>를 사왔다.
머물 수 있는 시간이 짧아 한 권밖에 건사하지 못해 아쉬움이 있었지만 오직 한 권이기에 그만큼 소중하고 귀한 시집.
헌책방골목 수많은 책들 가운데 '한 권'일지 모르지만 그 안에 담긴 한사람의 삶과 이야기와 울림은 결코 작지않다. 열여섯 삶이 담겨진 그의 시들을 읽으니 시 한편으로 알 수 없었던 그의 이야기와 노래들을 이제야 알 수 있을 것 같다.

바람이 불어오는 곳

파주에 사는 그림책 작가 이민희 님과 만화가인 홍연식 님 부부가 아이들과 함께 도서관에 놀러 오셨습니다. 이민희 작가님은 전에 한 번 뵈었지만 홍연식 작가님은 처음 뵈었는데, 두 분의 선한 눈매와 웃는 모습이 참 닮았습니다.

마침 도서관에 오신 분 중에 우연히 작가님 팬이 있어서 사인을 받았습니다. 같이 데려온 아이들에게 "아빠가 지금 정말 기분이 좋아." 하며 아이처럼 들뜬 모습에, 보는 사람들도 덩달아 웃음이 났습니다. 저도 홍연식 작가님께 사인을 받았답니다!

그냥 오셔도 될 것을 예쁜 꽃도 사 오고 아이들 주신다고 빵, 과자, 스케치북을 양손 무겁게 들고 온 작가님들. 1월에 다녀간 남동윤 작가님도 그렇고 이민희 작가님과 홍연식 작가님 모두 왠지 지구별이 아닌 다른 별에 살 것 같은 아름다운 사람들입니다. 날카로운 시선으로 세상을 바라보면서, 이토록 선하고 따스한 마음을 지녔기에 좋은 책들을 지구별에 내놓을 수 있을 것입니다.

도서관이라는 공간을 매개로 작가님들과 사람 대 사람으로 만나 책을 만들게 된 이야기뿐만 아니라 삶 이야기, 굵직한 생각과 때론 나름의 고민마저 들을 수 있어 좋습니다. 그렇지만 도서관을 운영한다는 이유로 이렇게 가만히 받기만 할 때가 참 죄송합니다. 받은 사랑과 응원의 크기에 견주어 무엇을 얼마나 보답할 수 있을까 싶은 생각도 들지만, 베짱이 도서관과 함께 어깨동무하고 걸어가는 이웃들은 큰 것을 바라고 바쁘게 무언가를 이뤄나가기보다 이곳의 흐름과 속도에 맞추어 조금은 고요하게, 하지만 작은 기쁨을 소중히 여기길 바라는 마음임을 압니다.

새해도 벌써 두 달이 지나갑니다. 새롭고 반갑고 고마운 만남을 떠올리니 마음에 훈훈한 바람이 붑니다. 작가님들이 다녀가시고 며칠 째, 제 마음은 이미 따스한 봄날입니다.

베짱이 편지 29

한 자리에서 백년을 버티며
또 한번의 봄을 기다렸을 우리동네 느티나무.
이제는 다시 볼 수 없는 그의 영원한 봄을 상상하며.

다시 볼 수 없는 봄

도서관 안이 많이 바뀌었습니다. 도서관을 운영하는 동안 책이 조금씩 쌓이며 책 정리와 분류, 책꽂이 배치를 새로 해야겠다 싶은 생각은 예전부터 했지만, 제가 워낙 정리하는 머리가 없기도 하고 엄두도 나지 않아 미루고 있었습니다. 봄도 되고, 마침 도서관 앞으로 이사 오는 분이 책꽂이를 주신다고 해서 이웃들과 손을 모아 묵은 먼지를 털어내고 배치와 분류도 새로 했습니다. 도서관을 처음 열 때는 책이 마음에 좀 안 들어도 '이 정도까지는' 하면서 조금은 '넓게' 책을 꽂았다면, 책을 조금씩 정리하면서 차츰 그 범위가 좁아지고 있습니다. 책이 많아질수록 더 까다롭게 책을 고르는 기준이 뭘까 가늠해 보는 일은 반드시 해야 할 고민인 것 같습니다.

그동안 책이 잘 보이지 않던 공간도 이번에 책꽂이 자리를 새롭게 놓아 보면서 책들이 더 쉽게 눈에 들어오도록 했습니다. 공간만 바꿨을 뿐인데 책들이 왠지 방긋방긋 웃는 것 같아 기분이 좋았습니다. 며칠 묵은 숙제를 하며, 함께 고민하고 시간을 내어 돕고 힘을 보태 준 이웃들이 얼마나 고맙던지요!

몇 해 사이 도서관 둘레 풍경도 많이 바뀌었습니다. 지난해부터는 갑자기 집들이 많이 생겨나 길이 빈틈없이 복잡해졌습니다. 다행히 도서관 둘레는 그린벨트라 나무가 많고 조용해서 새소리를 실컷 들을 수 있으며 사방이 트여 파랗고 넓은 하늘을 마음껏 볼 수 있어 행복합니다.

도서관을 드나드는 이웃들 삶도 많이 달라졌습니다. 그중에서도 참 기분 좋은 일은 이웃이 아이를 낳고 그 아이가 자라는 과정을 보는 일입니다. 하지만 슬픈 변화도 있습니다. 요사이 겪은 마음 아픈 일은, 제가 『풀꽃편지』 책에 그린 우리 동네 느티나무가 잘려 나간 일입니다. 삽화를 그릴 때에는 제 모자란 솜씨로 그 커다란 나무를 그릴 엄두가 안 나서 한 해 내내 오가며 바라보기만 했던 나무였습니다. 거짓말처럼 어느 날 그림을 그릴 수 있게 제 마음 속에 들어와 말을 걸어 준, 제겐 아주 특별한 친구입니다. 이문재 시인은 "어떤 경우에도/ 우리는 한 사람이고/ 한 세상이다."라고 했는데 이 말이 꼭 사람에게만 해당되는 말은 아니겠지요. 한창 아름답게 피어날 꽃들과 더불어 찬란했을 나무의 봄을 이제 다시 볼 수 없겠지만 제 마음에는 오래도록 푸르게 살아 있을 것입니다.

이런 일상이 얼마나 귀한가

몇 달 사이 도서관에 새로운 분들이 많이 옵니다. 거의 이사 오신 분들입니다. 베짱이도서관을 어떻게 알고 오셨을까 싶기도 하면서, 아직 마을이 낯설 텐데 이곳이 마음 붙이는 데 조금이나마 도움이 될 수 있으면 좋겠다 싶은 마음. 도서관에 오는 분들을 한 분 한 분 떠올리면 참 신기합니다. 어쩜 그렇게 한 가지씩 다 재주가 있는지요. 누구 엄마 아빠이기 앞서 세상에 태어나 '나'라는 사람으로 지닌 빛, 그 빛을 모두 품고 있구나 싶습니다. 저마다 가진 솜씨 잠시 뒤로 밀쳐놓고 새끼들 키우느라 다들 애쓴다 싶은 마음도 듭니다.

도서관에서 떼 부려 엄마 힘들게 하는 녀석을 보고 있으면 그 며칠 전에 아이가 고집 피워 힘들어 했던 다른 엄마 얼굴이 떠올라 웃음이 납니다. 이 엄마들을 서로 소개시켜 줄까 싶은 생각도 듭니다. 도서관에 있는 육아 관련 책들보다, 앞서거니 뒷서거니 함께 아이 키우며 겪어내는 동료 엄마들 이야기가 훨씬 도움이 되고 위로가 될 때가 많으니까요.

아이 키우느라 책은 고사하고 내가 정말 이루고 싶은 꿈, 좋아하는 일, 잘할 수 있는 것들 다 미루고 지내다 문득 허무해질 때도, 내 몸 마음 상태와 상관없이 아이를 챙겨야 하는 일상에 힘이 부칠 때도 있겠지만 멀리서 눈만 마주쳐도 웃어주는 동그란 얼굴, 어른답지 않게 때론 유치하게 화낼 때도 안아 주며 사랑한다고 말하는 조그만 입술, 시도 때도 없이 까르륵 넘어가는 해맑은 웃음소리를 가장 많이 들을 수 있는 지금이 또한 삶에서 얼마나 소중한 때인지요.

엄마들은 오늘도 도서관에 옵니다. 도서관에서 책을 보든 못 보든, 책을 놓지 말아야지 하는 마음으로 도서관에 옵니다. 아이들 금세 다 크고 갑자기 둘레가 고요하다 못해 쓸쓸한 마음마저 들 때, 도서관 드나들며 나도 모르게 쌓인 무언가가 마음을 어루만져 주고 삶을 밀어갈 수 있는 힘이 되어 주면 좋겠습니다.

오늘은 일이 있어 하루 종일 도서관을 비웠더니 사람들도 궁금하고 그 시간에 오는 아이들도 보고 싶고 그랬습니다. 늘 가는 곳이고 자주 만나는 사람들이지만 이런 일상이 얼마나 귀한가 싶었던 하루. 도서관으로 빨리 가고 싶습니다. 이런 마음이 절로 드는 곳을 직장으로 삼고 있고, 그 곳에서 일상을 그려 나가고 있다는 사실이 행복합니다.

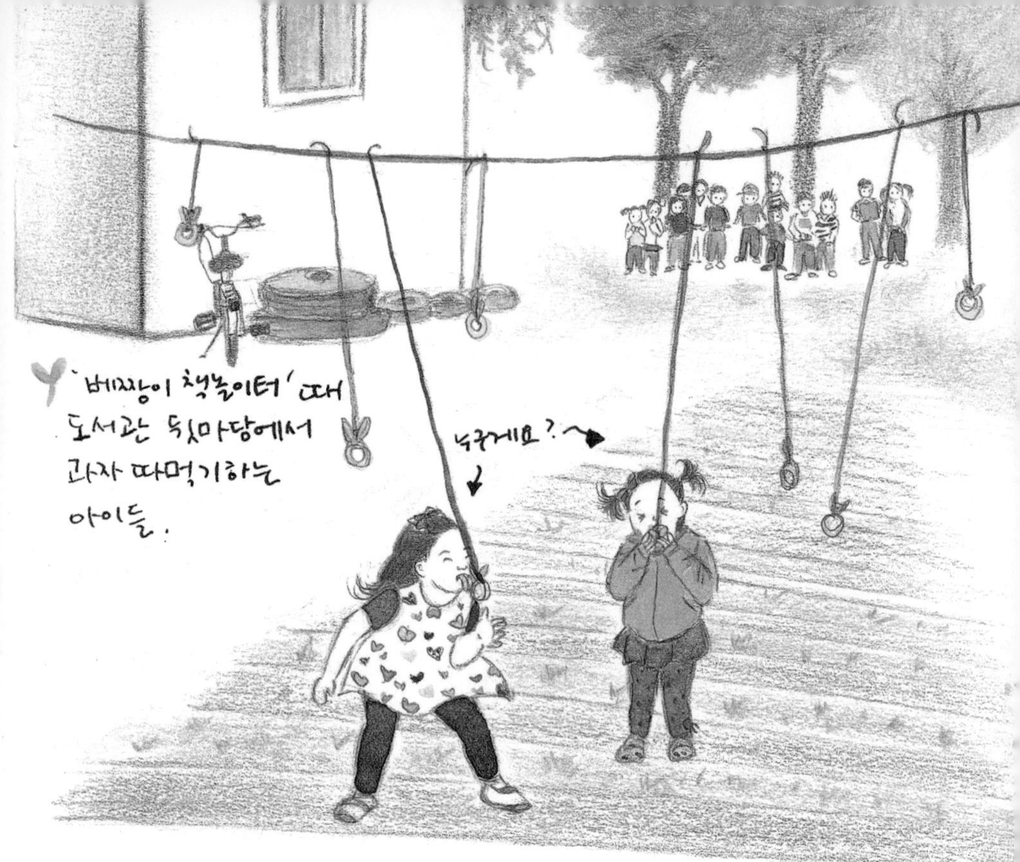

'베짱이 책놀이터' 때
도서관 뒷마당에서
과자 따먹기하는
아이들.
누구게요?~

베짱이 편지 30

지난 가을에 이어 두번째로 '베짱이 책놀이터'를 열었습니다.
마당을 여는 일은 어른들이 했지만 놀이를 키우고 확장시키는
일은 아이들이 합니다. 때로는 머리 맞대가며 애써 정해놓은
형식과 경계를 자유롭게 넘나들며 쉽게 허물어버리기도 하고…
저마다 마음 속 빗장을 조금씩 잠그고 살아가고 있는 우리 어른들에
비해 세상과 자연스럽게 호흡하며 살아가는 아이들.
이날 처음 서로 얼굴을 본 어른들도 함께 웃고 어울리며 한바탕
놀 수 있었던 것은 순전히 아이들 덕분이지 않을까요~.

여기 무료인가요?

베짱이도서관에는 책 바코드와 도서 대출 카드가 없습니다. 대신 저와 인사를 나누고 '눈도장'을 찍고 나면, 그 뒤부터 자유롭게 대출 공책에 이름을 쓰고 책을 빌려 갈 수 있습니다. '베짱이'라고 이름을 지어서 그런지 책을 빌려 간 분들 가운데 저처럼 느긋한 베짱이들이 많습니다. 그래서 한 달에 한 번, 책을 빌려 간 분들에게 반납을 바란다는 문자를 보내곤 합니다. 볼 만큼 보고 갖다 주시려니 싶은 마음이 들기도 하고, 매번 챙기는 일이 번거롭기도 합니다. 미안한 얼굴로 책을 반납하는 모습을 보면 책을 달라고 한 저도 덩달아 미안해지기도 하구요. 그래도 집에 차곡차곡 모아온 아끼던 책들로 도서관을 열었을 때 가졌던 가장 큰 마음은, '책은 순환해야 한다'는 생각이었으니 미안함을 무릅쓰고라도 두 번 세 번 연락을 드리고 빠진 책은 없나 일일이 확인합니다.

베짱이도서관에 처음 오신 분들 중에는 "여기 무료인가요?"라고 물어

보는 분들이 꽤 있습니다. 아마도 도서관에 들어올 때 드는 느낌이 개인 서재 같아서이지 않을까 생각합니다. 그렇게 물어보시면 그만큼 불편하게 다가갔구나 싶어 한편으론 죄송한 마음이 들기도 하면서 그럴 때마다 제가 이렇게 이름 짓게 된 이유를 톺아보게 됩니다. 과연 '도서관'하면 사람들이 으레 떠올리는 이미지와 서비스를 내가 구성하고 맞출 수 있을까. 아무리 생각해도 제 역량으로는 그럴 자신이 없기에, 공공성을 띠기보다 오히려 의도적으로 힘을 빼 보자 싶었습니다. 공공성이라는 성격이 익명성으로 작용하기도 하니까요. 누구도 그 공간의 주인이 되지 않는. 여긴 '서재 도서관'이니 남의 집 서재를 이용하듯 좀 조심스럽게 사용해 주시지 않을까 싶기도 했습니다. 개인 서재로 시작하지만 나중에는 마을 서재가 되어도 좋겠다 싶기도 했구요. 이루고 싶고 생각하는 도서관, 다른 도서관들과는 조금 다를 수 있는 특징이나 성격은 소식지를 쓰며 차근차근 알려 나가면 되겠다 싶었습니다.

달마다 소식지를 만들며 지나온 시간을 돌아보는 감회는 새롭습니다. 책을 어떻게 놓고 도서관을 어떤 식으로 꾸밀까 하는 것보다는 나라는 사람이 충분히 그리고 무엇보다 즐겁게 운영할 수 있는 도서관은 어떤 도서관일까 하는 걸 더 오래 고민했던 나날을 헤아려 봅니다. 이곳에서의 시간들이 하나도 잊히지 않고 다 기억나는 걸 보면, 소식지를 만들기 위해 하루하루를 돌아보는 일은 저에게 큰 배움이 된 것 같습니다. 서른 번째 소식지를 만들며, 어찌된 일인지 갈수록 도서관 운영이 더욱 재밌지만 멀리 내다보진 말자고, 이곳에서 그저 다음 달 소식지를 기쁜 마음으로 만들 수 있으면 좋겠다 싶은 소심한 바람을 품어 봅니다.

옆에서 누가 한마디 한다. "그 관장에 그 개미들이네!"

베짱이편지31

자주꽃 핀 건 자주감자,
파보나 마나 자주감자.

하얀꽃 핀 건 하얀감자,
파보나 마나 하얀감자.

<권태응 시, 감자꽃>

날마다 텃밭에 나가 감자꽃을 봅니다.
그 아래 흙 속에서 살을 통통하게 찌우고 있을 감자를
흐뭇하게 상상합니다. 문득 미안해집니다. 민들레나 제비꽃이 아닌,
감자꽃을 자세히 들여다본 적이 한번도 없구나 싶은 생각에.
도서관 책모임에서 몇주동안 '평화 그림책 읽기'를 했습니다.
몸길이를 낮추어 바람에 살랑살랑 흔들리는 감자꽃을 보고 있으니
나도 모르게 마음이 고요해집니다. 숨을 고르게 됩니다.
평화란 이런 걸까요?

도서관 열기 잘했다고 느끼는 순간

지난 5월에 마을 이웃, 다니엘 엄마 김마리 님 강의가 있었습니다. '가슴으로 낳은 아이 이야기'. 어렸을 때부터 재혼 · 장애 가정 속에서 자라며 느낀 생각, 결혼해서 아이를 입양하기까지의 과정, 입양에 관한 바뀐 정책과 미혼모에 관해 우리가 잘못 알고 있는 사실을 부드럽지만 단단한 말씨로 들려주셨습니다. 강의 듣는 내내, 방송 매체나 건너 건너 전해 듣는 이야기로 알고 있는 것들이 얼마나 편협할 수 있는가 하는 생각이 들었습니다. 어찌 보면 사회에서 '소수'라고 부르는 한 부모, 이혼, 조손, 입양, 장애, 다문화 가정이 이제는 더 이상 소수가 아니고, 그에 따라붙기 마련이던 차별적 시선도 당연히 거두어져야 한다고 생각합니다.

학창 시절을 떠올려 보면 저는 무엇보다 선생님의 차별이 참 싫었습니다. 기억이 희미한 나이였을 때도 그런 순간들은 또렷이 떠오릅니다. 평등하게 대우 받으며 당당하고 자유롭게 살고 싶은 것은 사람의 본능인가 봅니다. 마음이 말랑말랑해서 서로에게 쉽게 스며들 수 있는 어린 나이일 때 다양한 관계를 만나고 어울리며 자란다면 자연스레 서로 다른 점들을 이해하고 존중할 줄 아는 마음을 갖게 될 텐데요.

> 동네도서관이 지향하는 것은 '배움'이다. 세대와 성별을 초월해 지속 가능한 배움을 만드는 일, 깊이 있는 교류를 나눌 수 있는 배움의 인연인 새로운 '학연'을 만드는 것이 동네도서관의 꿈이며 역할이다.
>
> – 이소이 요시미쓰, 『동네도서관이 세상을 바꾼다』

나이, 학력, 직업, 성별, 국적과 상관없이 탐구할 수 있는 곳, 다양한 책과 사람을 만나며 그 안에서 편견을 깨트리고 차별과 배제의 벽을 넘어서는 공간, 억지나 강요가 아니라 스스로 하는 배움 활동으로 성장하며 좋은 벗을 만날 수 있는 그런 화합의 마당이 바로 도서관이지 않을까요?

세상에서 일어나는 일들에 아무것도 할 수 없어 무기력한 마음이 들 때도 있습니다. 하지만 세상을 바꾸는 커다란 물결은 작은 물줄기에서 비롯되겠지요. 도서관에서 함께 책을 읽고 사람을 만나며 사소하지만 때론 엄청난 생각의 변화가 이루어지듯이.

"아이를 입양하기 잘했다고 느낀 순간은 언제인가요?"

"매순간이요."

강의 끝에 누군가 한 질문에 김마리 님이 조금도 망설이지 않고 한 대답이 생각납니다. 낯선 사람들 앞에서 살아온 삶을 펼쳐 보이기란 쉽지 않은 일인데 용기 내어 주셔서 고맙습니다. 덕분에 이전에는 모르고 살았던 것들을 새로이 알게 되었습니다. 그리고 마을에서 함께 살아가는 서로를 더 잘 알고 이해하는 값진 시간이 되어 좋았습니다.

제가 도서관을 열기 잘했다고 느낄 때는 바로 이런 순간입니다.

백 번째 일기

백 번째 도서관 일기를 씁니다. 블로그에 '도서관 일기'라는 새로운 방을 만들어 첫 번째 도서관 소식지를 보내기까지의 일기와 사진을 다시 훑어봅니다. 지금보다 훨씬 어렸던 아이들 얼굴, 도서관에 들고 나갈 책들을 집안에 엉망진창 다 쏟아 놓았던 그때 사진들을 보니 웃음이 납니다. 도서관을 해 보기로 마음먹고는, 요즘 같은 세상에서 외려 '돈 안 되는 일'을 해 보고 싶다는 대목에서도.

도서관 이름을 이렇게 할까 저렇게 할까 하던 시간, 부푼 마음으로 책꽂이를 만들고 하나하나 물건을 들여놓던 일이 생각납니다. 도와 준 많은 분들의 얼굴도 떠오르구요.

'나는 책도 좋아하지만 무엇보다 이렇게 좋은 사람들과 만나고 소통하며 얻는 기운으로 살아가는 힘을 얻는다. 마음이 맑고 밝아짐을 느낀다.', '책 속에서 책 밖의 사람들을 만나 새로운 '삶의 책'을 써나갈 수 있다면…' 과 같은 몇몇 글들은 지금도 여전한 마음이고 바람입니다.

도서관 개관식 시작을 코앞에 두고 갑자기 화장실이 막히고 넘쳐서 해결하느라 정신없이 뛰었던 기억, 시끌벅적했지만 그럭저럭 잘 치룬 개관식, 소중한 씨앗이 되어 준 개미 친구 스무 분, 눈이 펑펑 내리던 날 첫 소식지를 보내며 걱정 반 기대 반으로 두근거렸던 마음, 그러면서도 눈길을 헤치고 한파도 뚫고서 친구님들 우편함으로 잘 가기를 바랐던.

약하고 부족한 점도 많지만 그럼에도 홀로 서야 하고 스스로 그림을 그려 갈 수밖에 없는 게 삶임을 조금씩 깨달아간 시간, 한 분 한 분 보내주는 귀한 후원금으로 살림을 꾸리며 느낀 여러 가지 생각, 도서관을 하면서 그 어느 때보다 스스로에게 많이 한 질문, '사람은 무엇으로 사는가.'

어떤 일기는 마치 어제 쓴 듯 읽으면서도 생생합니다. 조금은 무섭고 두렵고 떨리고… 그러면서도 알 수 없는 설렘과 벅찬 마음 때문에 밤마다 쉽게 잠 못 이루고 오랫동안 뒤척이던 그때.

백 번째 일기를 쓰면서 다짐합니다. 앞으로도 무뎌지지 말자고. 날마다 나도 모르게 마음에 둥실 차오르곤 하는 고마움들에 익숙해지지 말자고.

베짱이 편지 32

감자 캐던 날

아이들이 감자를 캔다
흙 파며 쉼없이 재잘재잘
밭으로 한꺼번에 소풍 나온 참새떼 같다
까맣고 동글납작한 얼굴들
하얀 이를 드러내고 웃는다
활짝 핀 도라지꽃 같은 손에
꼬옥 쥔 감자를
똑 닮았다

아이들이 감자를 캐고 난 자리에 풀들이 무성합니다.
곧게 핀 해바라기는 그래서 더욱 화안합니다.
도서관 뒷마당에서 농사를 짓는 아저씨가
'보려고' 심어놓은 꽃들이 거둘 것들 다 거두고 난
심심한 마음을 달래줍니다.
해질녘이면 노을 한 폭 몸에 두르고
꽃들을 벗삼아 걸어봅니다.
놀빛에 곱게 물든 꽃들이 참 따뜻합니다.
눈빛 닿는 곳 어디든 시가 있는 시간.
저물 무렵, 계절이 쓰는 시를 만나고
집으로 돌아가는 길은
그래서 외롭지 않습니다.

엄마는 직장인이야? 아니야?

도서관을 운영하면서 늘 하게 되는 고민은 '이 공간을 계속 유지할 만한 가치가 있는가'입니다. 눈에 보이지 않는 것에 대한 지속적인 후원은 쉽지 않습니다. 그래서 도서관에 거의 한 번도 오지 못하는 개미 친구님들 마음은 어떤 것일까 이따금 헤아려 보게 됩니다. 도서관이 어떻게 운영되고 어떤 것을 찾고 붙들면서 가고 있는가, 소중한 후원금으로 자리를 이어갈 만한 가치가 있는가 하는 고민은 늘 하게 되는 것 같습니다.

최근 한 달을 떠올려 봅니다. 백여 권 책이 대출된 공책을 살펴봤을 때, 마을 이웃 이은주 님이 선뜻 마음을 내어 좋은 운동을 알려 주어 여러 사람이 이곳에서 건강을 배울 수 있었던 때, 광수중학교 아이들과 함께 이야기 나누고 누가 시키지도 않았는데 변성기 걸걸한 목소리로 아이들에게 그림책을 읽어 주던 때, 콩이 아빠가 마을을 걸어 다니며 직접 지은 시들을 낭독해 주던 때, 세은이가 그린 맑은 그림들을 도서관 벽에 걸던 때,

집으로 바로 갈 수 없는 아이들이 편히 도서관으로 들어오던 때, 새로운 이웃이 놀러 오고 책을 빌려 가던 때, 쏟아지는 비를 뚫고 아이들에게 그림책을 읽어 주러 온 키키… 적다 보니 꼬리에 꼬리를 물고 생각납니다.

도서관에서 만나는 이런 순간들은 어쩌면 날마다 있지 않을까 싶습니다. 그럼에도 관의 지원 없이 후원금만으로 운영되는 이곳은 '가치로워야 한다'는 생각이 늘 마음 한켠에 자리 잡고 있는 것 같습니다. 앞으로도 그 무게는 쉽게 줄어들 것 같진 않습니다. 내가 가고 싶은 길로 가고 있는가, 흔들리지 않아야 할 중심과 기준은 무엇인가 하는 고민은 도서관이란 공간을 넘어서도 끊임없이 하며 살아가야 하지 않을까 싶습니다.

"엄마는 직장인이야, 직장인이 아니야?"

언젠가 딸아이가 이렇게 물은 적 있습니다. 한국 사회에서 '일을 하며 산다'는 건 무슨 뜻일까요? 퍼뜩 드는 생각 외에, 눈에 보이지 않는 것들을 노래하고 꿈꾸고 열어가는 것도 일이고 그것이 바로 내 일이구나 싶습니다.

내 일을 하며 소소한 기쁨이 있는 일상, 그 일상을 이웃들과 함께 누리고 나눌 수 있는 공간, 공간을 지속할 수 있게 해 주는 개미 친구님들께 늘 고맙고 미안합니다.

함께라서

뒷마당이 꽃들로 환합니다. 도서관 둘레에 농사짓는 아저씨가 해마다 수수며 보리, 옥수수를 심고 꽃도 심습니다. 거둬들이기 위함이 아니랍니다. 이 녀석들 모습이 예뻐서, 보는 게 그저 좋아서 심는 거라고 하십니다. 멋을 아는 아저씨. 도서관 밭은 이미 풀 천지가 되어 걱정스럽다가도 꽃들을 보고 있으면 마냥 좋습니다.

오늘은 목요일이라 도서관 책 모임을 했습니다. 지난주에는 오랜만에 콩이 아빠가 오셔서 직접 지은 시를 읽어 주더니, 오늘은 시인들이 가장 좋아한다는 시인 '백석' 시에 관한 해설을 해 주셨습니다.

콩이 아빠 시들은 모두 우리 동네를 걸어 다니며 만난 꽃, 새, 나무, 달… 그런 것들에 관한 시입니다. 읊으면 저절로 그림이 그려지는. 어쩌면 그리 하나하나 살뜰히도 보셨을까요. 그러니 시인이겠지만. 먼 데 있는 이야기도 좋지만 우리 마을 이야기가 담긴 시를 읽으면 시가 더욱 우리 삶 속으로 들어올 텐데… 콩이 아빠 시들을 책으로 꼭 엮으면 좋겠습니다.

목요일 책 모임 하이라이트는 바로 밥입니다. 오는 분들이 쌀을 조금씩 갖고 와서 책 모임을 마치면 함께 밥을 지어 먹는데, 반찬들을 한 가지씩만 갖고 와도 꽤 푸짐합니다. 머리 맞대고 따순 밥을 같이 나눠 먹는 일은 얼마나 마음 그득해지는 일인지요. 이날은 마음과 몸을 모두 살찌우는 날입니다. 몇 달 책 모임을 해 보면서 느낍니다. 살아온 삶이 나와 전혀 다른 누군가의 경험과 생각을, 내가 미처 보고 느끼고 깨닫지 못한 것들을 듣는 일은 참 소중한 일이라는 것을요.

책을 읽는 일은 마음 안에 곧고 단단한 경계를 세우는 일이면서 한편으로 뾰족하고 날 선 경계를 둥글게 만들고 때론 허물어가는 과정이 아닐까요?

다음 주 책 모임 주제는 '나이듦에 대하여'입니다. 저도 올해 마흔이 되면서 여러 갈래 생각이 스칠 때가 많습니다. 분명한 건 내가 사랑하는 이웃, 친구들과 마을에서 오래도록 함께 나이 들어가고 싶은 마음입니다.

다음 주에 이웃들과 나눌 이야기가 벌써 궁금합니다. 물론 그날의 점심 메뉴도.

도서관 책모임 끝나고 이따금 가져온 반찬들 풀어
함께 밥을 나눠 먹기도 한다.
그런 날은 모임에 나오는 사람이 많다. (당연한 일인가?)
책 이야기가 궁금한 사람, 귀동냥 하고픈 사람, 같이 먹는 밥이 좋은 사람,
사람들이 좋아 그냥 놀러온 사람…
이사람 저사람 섞여서 하는 책모임은 자연스러워서 좋다.
사람도 책도 잘 어우러진달까.
모임 끝나고 책을 빌려가는 분들도 있으니 밥은 자기 할 일 넘치게 하는 셈!

베짱이 편지33

시 읽는 아버지
크고 널따란
등 뒤에 숨어
두 귀 쫑긋 세우다
자기 얘긴 줄 알고
배실배실 웃는다
처음엔 낮게 일렁이던 물결
차츰차츰 파도가 된다

가만히 바라보던 나도
순간 파도를 맞았다

시 낭독하는
9살 루다.

달빛 도서관을 열어
자유롭게 낭독도 하고
사이사이 연주도 했다.
직접 쓴 시를 들고 나온 사람이
셋이나 되었다.
아버지 시를 들으며
얼굴 가득 웃음꽃이 피던 8살 결이.

나는 누군가 내게 이야기든 글이든 시든 읊어주는 순간이
참 좋다.
그 순간 마치 그 사람에게서 나에게로
얼굴을 스치는 기분 좋은 바람이 불어오는 것 같다.

달빛 도서관

가만히 있어도 땀이 줄줄 흐르던 7월의 어느 밤. 우리는 무엇을 위해 그 자리에 모였을까요. 부끄러움에 눈 질끈 감고 목청껏 노래 부르던 서희, 자작시를 낭독한 두 분과 아홉 살 루다, 아버지가 시를 읊는 동안 등 뒤에 숨어 얼굴 가득 숨길 수 없이 퍼지던 결이의 동그란 웃음, 사이사이 낭독과 연주, 노래할 차례를 기다리는 분들에게서 느껴지던 즐거운 떨림과 설렘. '정식' 행사가 아니어서 더 자연스러웠을까요?

달빛 도서관은 자유롭고 가볍고 즐거웠습니다. 졸려서 잠든 아이, 빙글빙글 맴돌며 뛰어다니는 아이, 놀다 넘어진 아이, 책 보는 아이, 구석에서 짝지어 비밀 이야기 나누는 아이…. 이 아이들 어찌할 줄 몰라 여전히 헤매는 어른들 틈에서 자기 빛깔로 당차게 자라는 아이들. 그 어린 아이들 데리고 땀 닦아가며 시를 기다리던 우리들. 처음 만난 이웃들과 둘러앉아 삼삼오오 이야기 나누던 밤. 그 밤, 웬일인지 저는 드라마 '응답

하라 1988'에 나온 마지막 대사가 떠올랐습니다.

> 다시 돌아갈 수 없는 건 내 청춘도, 이 골목도 마찬가지였다. 시간은 기어코 흐른다. 모든 것은 기어코 지나가 버리고 기어코 나이 들어간다. 청춘이 아름다운 이유는 아마도 그 때문일 것이다. 찰나의 순간 눈부시게 반짝거리고는 다신 돌아올 수 없기 때문일 것이다. 눈물겹도록 푸르던 시절 나에게도 그런 청춘이 있었다. 그 시절이 그리운 건, 그 골목이 그리운 건, 단지 지금보다 젊은 내가 보고 싶어서가 아니다. 그 곳에 아빠의 청춘이, 엄마의 청춘이, 친구들의 청춘이, 내 사랑하는 모든 것들의 청춘이 있었기 때문이다. 다시는 한데 모아 놓을 수 없는, 그 젊은 풍경들에 마지막 인사조차 하지 못한 것이 안타깝기 때문이다.

'기어코 지나가 버리는' 시간이 아쉽지만, 다시 돌아올 수 없기 때문에 더욱 애틋하고 그리워질 것들. 제 몫으로 힘든 무게를 견디며 하루하루 살아가는 우리들이 이곳에서 잠시라도 가슴에 별처럼 흐르는 너의 노래를 들을 수 있다면, 그래서 내 곁에 네가 있고 우리가 있음을 잠시라도 알아챌 수 있다면, 그럴 수 있다면 지나고 있는 우리들 젊은 풍경이 외롭지만은 않겠지요.

끝끝내 붙들어 둔 그 시들을 들으면서는 물론이고, 누구 할 것 없이 가슴에 품고 사는 시를 그날 보았습니다. 그래서 느낀 또 한 가지. 퇴촌에는 시인도 가수도 참 많구나, 아이 어른 할 것 없이. 돌아오며 그 밤, 기도했습니다. 별빛으로 그대들 총총 뜨기를.

엄마

유재인

우리엄마는 매일매일
집안일을해

우리엄마 별명은
베짱이

하지만 베짱이처럼
많이 놀지는 않아

나랑노는날은
주말밖에없어

하지만 매일매일
안아줘

사랑스런 딸이 쓴 시입니다.
도서관 열고 별로 하는 것도 없으면서
아이와 많이 놀아주지 못해 늘 미안한 마음인데
엄마노릇 잘 못한다고 이렇게 다 들켜버렸습니다.
모자라고 부족함 많은 엄마곁에서
한결같은 마음으로 사랑과 웃음을 주고
힘이 되어주는 아이들.
소소하게 힘든 것들 쉽게 털고 잊을수 있는 건
이 아이들이 도서관에서 행복하게 지내는 모습을
볼 수 있어서입니다.
어느새 열두살, 아홉살로 훌쩍 커버린 아들과 딸,
고맙고 사랑한다~. 하늘별달땅우주만큼.

달라진 아이들

올해 들어 부쩍 달라진 점이 있습니다. 바로 아이들 마음입니다. 지난 해만 해도 글쓰기는 물론이고 그림 그리기조차 쭈뼛거리던 아이들이 아무렇게나 앉아 그림을 그리고, 모이면 도서관이 떠나갈 듯 노래를 부르며 시도 씁니다. 언젠가부터 이런 일들이 자연스러워졌습니다.

언제부터 그랬을까 헤아려 봅니다. 창작 공간 '키키와 구름공장'이 도서관 한쪽에 자리 잡은 일, 조그만 벽에서 이루어지는 전시회- 좋아서 글 쓰고 그림 그리는 마을 어른들과 또래 친구들이 주로 여는-를 자주 본 것, 어쩌면 3년이란 시간이 흐르는 동안 도서관이 품은 생각들이 은연중에 스며들었을지도 모르겠습니다. 언젠가부터 저도 시 쓰는 일이 그리 어렵다 여겨지지 않게 되었는데 제 마음이 그리 움직인 것도 아마 아이들 마음과 몸짓이 달라지게 된 것과 다르지 않으리라 생각합니다.

여름 방학 때, 만화책 『두근두근 탐험대』로 알려진 김홍모 작가님이 도서관에 다녀가셨습니다. 함께 그림을 그리고 놀았는데 그때 아이들에게 해 준 말씀이 "잘 그리려고 하지 마라."였습니다. 남을 의식해서 '잘'해야지 하는 마음은 즐거움을 뺏고 오히려 두려움만 키울 뿐이겠지요.

어제는 키키가 그림책을 읽어 주는 날이었는데 마지막에 읽은 그림책 『리디아의 정원』은 아이들이 돌아가며 소리 내어 읽었습니다. 마지막 페이지에 옥상 가득 꽃이 흐드러진 장면에선 감탄사까지!

한창 사춘기에 접어들 나이인 열두 살 남자아이들이 도서관에서 저희끼리 앉아 재밌게 그림도 그리고 소리 내어 책 읽는 모습을 보니 흐뭇했습니다. 날마다 도서관에서 일어나는 일들 사이사이 보이는 작은 달라짐이 고맙습니다. 그런 것들은 제가 이 일을 이어갈 수 있는 힘이 되어 줍니다. 글이 글로 머물고 책이 책으로만 끝나지 않길. 닫히고 굳어진 것들이 저도 모르게 바깥으로 조금씩 열리고 뻗어나가 우리 마음과 몸을 저절로 춤추게 하면 좋겠습니다.

루다의 시

어제부터 아홉 살 루다가 쓴 시 전시회가 열리고 있습니다. 누가 쓰라고 한 적도 없는데 모두 그냥 쓰고 싶어서 써 놓은 시들입니다. 그래서인지 시들이 거침없고 씩씩하고 재밌습니다. 제가 어렸을 때 썼던 시들은 하나같이 재미없는데… 그때 저는 아동 문학가가 꿈이어서 동시 대회에 종종 나갔고, 억지로 지어내고 꾸민 글을 많이 썼습니다.

중고등학교 가서도 어떤 마음으로 글을 쓰면 좋을지 잘 몰랐습니다. 시험 문제가 어떻게 나온다는 것만 알아갔을 뿐. 도서관을 운영하며 이제야 앞선 여러 인생 선배들이 알려 주는 가르침을 보고 들으며 깨닫습니다. 다 큰 어른이 되어서 굳어진 머리와 마음을 움직이기란 참 쉽지 않다는 걸 때때로 느끼면서요.

아무런 꾸밈없이 글을 썼을 때 누군가 "그래, 글은 이렇게 쓰는 거야." 라고 제게 얘기해 줬다면 어땠을까요. 스스럼없이 그림을 그리고 노래를 불렀을 때도, 잘하는 것과 상관없이 너 스스로 즐기며 누군가에게 어떻게 보일까 두려워 말고 자신 있게 오직 너만이 갖고 있는 그 세상을 표현해 보라고 했더라면 어땠을까요. 살아가며 생채기가 나더라도 처음이 다정했다면 지금처럼 우리가 이렇게 많은 것에 마음을 닫고 살진 않을 텐데… 가끔 그런 생각을 합니다. 그러면 참 좋았겠다 싶지만 이제라도 깨달았으니 후회는 안 하기로 합니다. 한창 자라는 눈빛 맑은 아이들에게 말도 안 되는 이유로 주저앉히거나 상처 주지 말아야지 다짐합니다. 그런 어른이 되는 것도 한순간이니 정신 차려야지요.

세상 그 무엇도 신경 쓰지 않고 자기가 보고 느낀 그대로 쓴 루다의 시. 어제 오늘, 루다가 신나게 써 내려간 시를 읽고 또 읽습니다.

9살
루다의
시전시
예루다
쌍둥이 서희
주희
이쪽 보고 웃어봐라~
하이고 아~~들 이뿌네.
느그 '김치' 할래, '치즈' 할래
우짤래?
깔깔깔
히히히
하하하

도서관 벽에 마을아이들 생애 첫 '개인전'을 열 때마다 마음이 참 흐뭇하다.
부끄럽고, 뭐 하나 뛰어나지 못해서 늘 있는 듯 없는 듯 지내온
내 학창시절을 돌아보면 더욱.

세상 수많은 열쇠 중에서 도서관 열쇠를 갖고 있다는 건
좀 멋진 일이라고 가끔 생각한다.
누군가의 처음을 응원할 수 있다는 건 무척이나 가슴 설레는 일이라고도.
이런 생각을 하다보면 내가 진짜 엄청난 부자가 된 것 같다.

올해로 45년된
마산 헌책방 영록서점.
책시렁 사이마다 나뭇잎이 있다.
가을이라 '책숲'에도 낙엽이 떨어지는가보다.
책방 불이꺼진 늦은 밤,
골골샅샅 모여든 책들이 이야기를 쏟아낼 때
몰래 들어와 엿듣고 싶어진다.
그러면 저 나뭇잎들이
어디에서 왔는지 알수 있을텐데…
베짱이편지 35

헌책방을 다니는 이유

김기찬 사진집 『골목 안 풍경 전집』을 봅니다. 흐르는 시내처럼 구불구불하고 차가 다닐 수 없을 만큼 좁은 골목길 풍경, 그곳에서 해질 때까지 뛰노는 싱그러운 아이 얼굴을 봅니다. 저녁 찬거리를 함께 장만하는 어머니들 도란도란 말소리, 처마 아래 후둑후둑 떨어지는 빗소리, 고무줄 놀이하는 여자 아이들 하하 호호 웃음소리, 이웃집 빨래 너는 소리들이 있습니다. 그 안에는 어린 나도 있고, 장난스러운 친구들과 동네 강아지와 막 파마머리를 한 젊은 내 어머니도 있습니다. 사진들은 그 시간에 멈춰 있지만 어디선가 지금도 사진 속 이야기가, 만남과 삶이 이어지고 있을 듯합니다.

도서관에서 점심을 먹고 늦은 오후가 되면 자전거를 타고 둘레를 한 바퀴 돌곤 합니다. 올해 봄과는 또 다른 풍경들이 보입니다. 집과 집, 집과 논밭 사이 빈 땅마다 건물이 들어서고 있습니다. 자전거로 조금 갈 만하면 오가는 덤프트럭들 때문에 마음 편히 자전거를 탈 수 없습니다. 정답고 편안한 길, 익숙하고 구수한 냄새, 부드럽고 따뜻한 소리들이 조금씩 사라져 갑니다.

선선한 바람 맞으며 창가에 앉아 책을 읽고 싶은, 그러면서도 맑은 하늘과 구름을 보느라 책이 눈에 잘 들어오지 않는 계절, 가을입니다.

지난달과 이번 달에는 책방을 여러 군데 다녀왔습니다. 책방에 가면 오래되었지만 어딘지 편안한 책 냄새를 맡을 수 있습니다. 서로 어깨를 부딪치며 지나갈 수밖에 없는 좁은 서가, 그 사이에 서서 책을 보고 고르는데 흠뻑 빠져 있는 책손들을 볼 수 있습니다. 반가운 책을 찾고서 사람들이 주고받는 이야기를 들을 수 있습니다. 살갑게 안부를 묻기도 하고 "보는 건 공짜"라며 허허 웃어 주는 책방지기를 만날 수 있습니다. 제가 헌책방 다니기를 좋아하는 이유는 이웃이 내남없이 지내던, 좁디좁은 골목마다 아이들 웃음소리와 이야기가 흘러넘치던 그때를 다시 만나고 싶어서인지도, 내 곁에서 흩어지고 사라지는 정다운 것들을 붙들고 싶은 마음인지도 모르겠습니다.

베짱이편지36

1095일

제 생애 가장 바쁜 일주일을 보냈습니다. 신경 쓸 일이 많아 잠을 못 잤더니 감기가 왔습니다. 소식지 마감이 며칠 안 남았으니 아프다고 푹 쉬긴 글렀습니다. 다 끝내고 나면 좀 쉬어야지요. 가을이 되면 늘 바쁩니다. 베짱이가 놀기 좋은 계절이라 그런 걸까요?

지난 금요일, 안건모 작가님이 '내 삶을 밝히는 글쓰기' 강의를 하셨습니다. 대하기 조금 어려운 분이지 않을까 생각했는데, 막상 만나 뵈니 참 소탈한 분이었습니다. 함께 온《작은책》편집장 유이분 선생님도 마찬가지. 강의 마치고 편하게 둘러앉아 이야기를 나누었습니다. 두 분이 기타 치고 노래 부르며 작은 콘서트를 하고 가신 시간이 꿈같습니다. 그나저나 타이어 펑크가 났는데 잘 가셨을까요?

바로 다음 날이 가을 음악회. 준비한 기간이 짧아 걱정했는데 다행히 잘 치렀습니다. 노래하는 이웃들이 빛날 수 있게 연주하는 일은 저의 큰 즐거움이란 걸 한 번 더 확인한 시간. 아빠들 중창은 예상대로 정말 멋졌습니다. 도서관에서 행사를 할 때마다 식구들 공연에 그림자처럼 따라와 박수만 치고 가던 아빠들이 늘 마음에 걸렸습니다. 이분들이 노래로 만나 화음으로 어우러지는 과정을 옆에서 피아노로 도우며 얼마나 기분 좋던지요.

토요일에 광화문에 가지 못하고 음악회를 하고 있어 마음이 무겁고 한편으로 죄책감마저 들었지만, 우리는 이곳에서 또 다르게 마음을 모았다고 생각합니다. 작지만 단단하고 건강한 공동체가 많아지면 나라가 훨씬 더 튼튼해지지 않을까요? 이번 주 토요일에는 마을 이웃들과 함께 촛불을 밝히러 가야겠습니다. 이 촛불은 국정을 농단하고 민주주의를 파괴한 자들에 대한 분노이기도 하지만, 그동안 쉽게 잊어버리고 무관심하고 지나쳤던 우리들에 대한 반성이기도 합니다.

11월 8일, 베짱이도서관을 연 지 딱 3년 되는 날입니다. 문을 열고 얼마 안 되었을 즈음, 가까운 곳에 있는 어린이 도서관이 3년 만에 문을 닫는다는 소식을 듣고 '우와, 그래도 3년이나…' 라고 생각했던 적이 있습니다. 그때는 그 시간이 참 길다고 느꼈는데…. 3년이면 1095일. 그렇게 치면 꽤 많은 날들이네요. 가슴이 찡합니다. 내리는 빗소리가 더해져 더욱. 오늘 밤에는 이웃들과 함께 차곡차곡 쌓아 온 추억을 떠올려봐야겠습니다. 워낙 재미난 얘깃거리가 많아 밤새는 건 아닌지 모르겠지만요.

일터이자 삶터인 도서관 3년

도서관에 있다가 머리가 복잡하거나 마음이 어지러울 때 제가 찾는 친구들이 있습니다. 언제 어느 때고 이 친구들을 만나면 기분이 산뜻해지곤 합니다. 여러분 사는 곳 가까이에도 이런 친구들이 있을 것입니다. 한번 찾아보시길.

친구들

도서관 지붕 처마 아래 사는 새들. 출근하며 문을 열다 이 녀석들과 자주 눈 맞춤을 나눕니다. 어떨 땐 누가 이기나 눈싸움을 하기도. 아침이면 조잘조잘 시끄럽습니다. 새들은 아마도 도서관을 오가는 아이들이 더 그렇다고 생각할 것 같습니다.

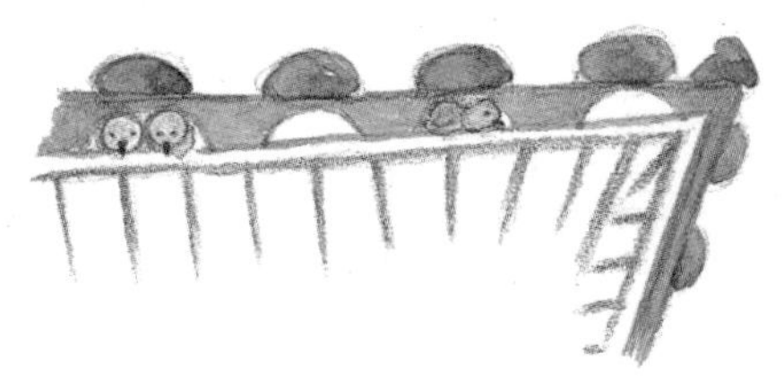

시집이 있는 곳에 앉아 바라보는 창 밖. 책상에 앉아 있다 고개만 들어도 하늘이 쓰는 시를 보고 느낄 수 있습니다.

도서관 옆 논에 있는 나무 두 그루. 꼭 다정한 오누이 같습니다. 시간이 흐르면서 동네 나무들이 많이 사라졌습니다. 순식간에 그 기나긴 역사가 잘려 나가는 걸 볼 때마다 가슴 아팠는데, 이 둘은 아직도 오순도순 함께 있습니다. 사람이 다니지 않는 길에 있어서인지도 모르겠습니다.

도서관 뒷마당에 있는 고인돌. 이곳에 누우면 탁 트인 하늘을 마음껏 볼 수 있습니다. 구름이 흐르는 속도에 맞추어 바람은 얼굴을 스칩니다. 돌 옆으로 옹기종기 피고 지는 꽃들은 또 얼마나 사랑스러운지요.

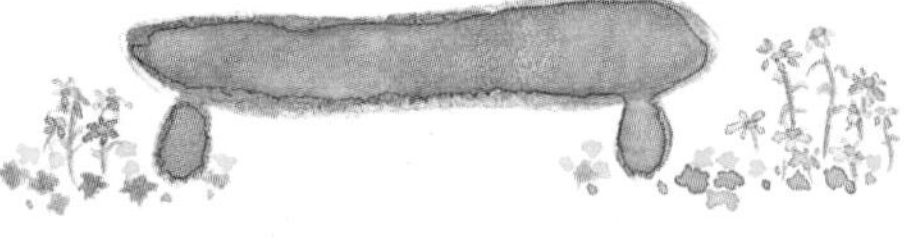

책

도서관을 하면서 책을 많이 읽게 되었습니다. 하지만 정작 도서관에서는 잘 읽을 수가 없습니다. 오가는 사람이 많다보니 호흡이 끊겨 집중이 안 되기 때문입니다. 그러면 주로 퇴근할 때 책을 가져와 밤에 읽거나 주말에 보곤 합니다. 책을 읽고 싶어 주말을 기다리는 아이러니!

중독일까 싶은 생각이 들 만큼 무언가를 읽지 읽으면 불안할 때가 있습니다. 지금은 자기 의지가 아니더라도 읽도록 강요당하는 것들이 넘칩니다. 나는 어떤 것을 중요하게 생각하고 살아가는 사람인가 늘 마음에 둘 것, 그 다음 무엇을 읽을 것인지 내가 선택해서 읽을 것. 많은 양을 읽기보다 마음에 와닿는 한 문장이라도 충분히 소화시키고 내 삶에 어떻게 녹여 내느냐가 중요하지 않을까요?

책은 여러 가지 좋은 기능이 있지만 잠잘 때도 좋습니다. 이해하기 어려운 책들은 부러 밤에 꺼내 읽기도 합니다. 낱말 뜻과 문장이 어렵다기보다 생각하게 하는, 그래서 읽다 자꾸만 멈추게 만드는 그런 책이 좋은 책입니다. 그러다 보면 곧 잠이 쏟아져서 문제지만요.

육아

도서관을 운영하는 동안 아이들이 훌쩍 컸습니다. 행사를 치르느라 정신없는 엄마에게 쉬 하고 싶다는 말을 못해 땀 뻘뻘 흘리며 한쪽에서 울고 있던 지인이는 아홉 살이 되었고, 배가 고픈데도 뒷정리하는 저를 묵묵히 기다려 주던 승표는 벌써 열두 살이 되었습니다. 큰아이는 이제 먹는 양도 늘어나서 학교 다녀오면 늘 배고파하는데 간식을 못 챙겨줄 때가 많습니다. 도서관에는 아이들이 많기에 먹을 게 있으면 작은 조각이라도 다 같이 나눠 먹습니다. 아무래도 일하기 전보다 아이에게 부족한 점이 많아 늘 미안합니다. 하지만 모자라고 참고 기다리고 나누는 경험이 아이를 성장하게 할 수도 있으리라 생각합니다.

아이 키우려면 돈이 많이 들기에 더 크기 전에 지금 벌어 놓으라는 얘기를 더러 듣습니다. 나중에 정말 후회하는 순간이 올지도 모르겠지요. 하지만 저는 지금 돈을 벌고 있지는 않지만, 아이에게 괜찮은 삶의 바탕을 만들어 주기 위해 나름 애쓰고 있습니다. 나이, 성별, 학교를 벗어나 다 같이 어울려 노는 경험, 고민을 나누고 이야기를 들어주는 동네 어른들, 마음껏 솜씨를 펼칠 수 있는 무대…. 아이들이 더 크기 전에 조금이라도 더 자연에서 뛰놀고 상상하며 노래할 수 있도록 치열하게 고민하고 있습니다.

도서관 뒷마당에서
해지는 풍경을 셋이서 자주
바라보곤 했다.

삶터

도서관을 열고 아는 사람이 많아졌습니다. 예전보다 전화를 붙들고 있는 시간도 늘어났습니다. 사람을 좋아하는데다 거절을 잘 못하는 성격이어서 몸과 마음이 버거울 때가 있습니다. 하지만 좋은 사람에게서 얻는 기운은 그런 피로를 말끔히 없애 줍니다. 사람한테서 받은 상처가 사람으로 낫습니다. 상처를 회복해야 할 일은 그렇게 많지 않지만요.

도서관 하기 전을 돌아보면, 목적을 잃어버린 채 어떻게 벌어먹고 살아야 하는 고민이 자꾸 앞서는 게 짜증스러웠습니다. 따분하고 재미없었지요. '잘' 살아질수록 고통 받는 누군가가 생기게 되는 사회구조 속에서 도대체 잘 산다는 건 과연 무엇일까요. 도서관은 제 일터이자 삶터입니다. 저 혼자 누리는 기쁨보다 여럿이 함께 느낄 때 '확실한' 즐거움이 되는 순간을 도서관에서 많이 경험합니다. 그래서 앞으로도 좀 더 놀고 재미나게 궁리하며 진짜 행복이 어떤 건지 계속 찾아나갈 것입니다. 혼자가 아닌, 마음은 누구보다 베짱이인 개미 친구들과 함께요.

베짱이편지37

겨울에도 싱그러운 베짱이도서관.
초록지붕집에 사는 빨간머리 앤이 그러했듯
올해도 나는 이곳에서 참 즐겁게 꿈꾸고 노래했다.
벗들과 도란도란 책읽고 생각하는 기쁨을 나누었던 한 해.
내게 어떤 좋은 말을 해서가 아니라
그저 곁에있는 한사람 한사람이 소중함을 안다.
계절은 겨울이지만, 그 어느때보다 모두 한마음으로
뜨겁게 열망하고 희망하고 있는 지금.

역사 공부를 시작했습니다

지난 다섯 주 동안 다섯 분의 강의를 베짱이도서관에서 만났습니다. 안건모 님의 '내 삶을 밝히는 글쓰기', 마을 이웃 김희수 님의 '나와 이웃을 만나는 사진', 김수박 님의 '힘들지만 더 강해지고 즐거워질거야', 김찬호 님의 '내 삶을 풍성하게 하는 인문학', 유이분 님의 '아이들이 행복한 진로'. 작가님들은 시원스레 정답을 알려 주기보다 오히려 많은 물음을 던져 주고 갔습니다. 내가 행복을 느끼는 지점, 소중하게 여기는 가치, 생각과 삶이 크게 다르지 않게 살아가려면, 나는 어떻게 이웃과 사회와 연결되며 살아갈 수 있을까, 내 삶을 잘 조율하고 해석하며 사는 일….

마음이 불편한 순간도 있었습니다. 보여지는 모습과 진짜 내 속마음, 행동하는 나와 도망치는 나, 현실과 가슴이 원하는 일 사이에서 고민하는 나, 아이들 앞에 부끄럽지 않은 모습으로 살아갈 수 있을까….

이번 주부터는 도서관에서 이웃들과 함께 역사 공부를 시작했습니다.

주말마다 이웃들과 촛불 집회에 나가면서 자연스레 시작된 역사 공부는 책을 한 권 정해 각자 구입하고, 마을에서 아이들에게 역사를 가르치는 이웃 님이 리더를 맡아 진행해 주셨어요. 지루한 암기 과목으로 여겼던 역사 공부가 이렇게 재밌을 수 있다는 사실에 깜짝 놀랐습니다. 아마 지금 시국과 더불어 역사를 알고 싶다는 목마름이 그 어느 때보다 커졌기 때문이라 생각합니다. 학창 시절에 이렇게 공부했다면 얼마나 좋았을까요? '역사'라는 큰 흐름과, 내가 살아가는 평범한 하루하루는 얼마나 가깝게 이어져 있나 알고 싶습니다.

요즘 세상이 워낙 어지럽다보니 가볍고 즐거운 책을 읽고 싶었습니다. 아니, 아무것도 읽고 싶지 않을 때가 더 많았습니다. 글자가 눈에 잘 들어오지 않았다는 말이 더 솔직한 표현일까요? 그럼에도 푸른 하늘과 한 줄 시가 저를 위로해 주기도 했습니다. 하지만 갈수록 궁금한 것이 자꾸만 늡니다. 헌법이 궁금하고, 민주주의가, 인권이… 세상에 더불어 존재하는 수많은 목숨과 순하게 어울리며 살아가는 방법은 무엇일까요?

돌아보면, 무거운 이야기를 다룬 책일수록 이웃들이 부담스러워 한다는 것을 알면서도 저도 모르게 그 책을 자꾸만 권하곤 했습니다. 외면하지는 못하겠고, 그렇다고 혼자서는 뭔가 해 볼 용기가 없었습니다. 힘든 마음을 함께 나누면 미안함이 조금 덜어질 줄 알았습니다. 내가 먼저라기보다 손 내밀어 줄 누군가를 기다렸습니다. 부끄러운 내 모습입니다.

그런 모자란 모습에도 도서관에 가면 등 두드리고 안아 주는 이웃들이 있습니다. 서로에게 조금씩 숨을 불어넣어 주는 사람들이 곁에 있어 올해도 고마운 한 해입니다. 이제부터는 혼자서도 우뚝 잘 걸어갈 수 있는 사람이 되어야지 다짐해 봅니다. 나이 마흔에 이런 다짐을 하고 있네요. 하하하.

요사인 서로 걱정과 고민을 나누는 일이 잦습니다. 새해에는 저도 개미 친구님들도 더 많이 웃는 한 해가 되면 좋겠습니다.

겨울 그 빛

'나를 채우는 밥상' 강의 네 차례를 마쳤습니다. 마을 느티나무장학회 후원으로 마련한 이 자리에서 김찬호, 김수박, 김희수, 안건모 작가님의 귀한 강의를 들었습니다. 몸과 마음을 채우는 강의라 생각해서 '나를 채우는 밥상'이라는 이름을 정했고 참가비는 네 차례 이만 원, 강의가 끝나면 함께 밥을 먹었습니다.

겨울 이맘때면 한가한데 도서관에서 열리는 강의 준비와 주말이면 열리는 촛불 집회 나가느라 계속 바빴네요. 덕분에 감기는 골골골 한 달째 이어집니다. 지난주에는 힘들어 목소리도 잘 안 나왔습니다. 책은 물론 어느 것 하나 손에 잡히지 않는 날들. 나랏일에 너무 신경을 쓰고 있나 싶기도 하지만 이번에는, 이번만은 시민들 힘으로 나라를 다시 세울 수 있는 기회인 것 같아서 기를 쓰고 힘을 보태고 있습니다. 그 힘이란 세월호 참사로 희생된 아이들에 대한 한없이 미안한 마음에서 나옵니다. 적어도 저에게는요.

기운을 다시 북돋우기 위해 책을 읽었습니다. 아이에게 책을 읽어 주고 낙엽을 밟으며 산책을 했습니다. 차갑고 건조한 겨울바람을 맞으며 햇살을 느꼈습니다. 겨울 바람 속에 가만 서서 해를 바라보는 일은 좋습니다. 빛이 참 포근하구나 라는 표현으로는 부족하네요. 바람이 차가울수록 더욱 선명히 느낄 수 있는 겨울 그 빛.

나무들은 어느새 잎을 다 떨어트리고 본디 모습으로 서 있습니다. 파란 하늘 사이로 보이는 나뭇가지마다 선이 얼마나 고운지… 똑같은 모습은 하나도 없습니다.

조금씩 숨고르기를 하고 있습니다. 더 애써야 할 곳에 집중하기 위해서 흩어진 힘을 모으려고요. 11월 들어 도서관도 제대로 못 돌봤습니다. 도서관은 제게 일터와 삶터이기도 하지만 쉼터이기도 한데… 다시 중심을 잡고 잘 들여다봐야겠습니다. 하루에도 많은 말과 생각들이 오가는 곳이지만, 저는 도서관을 운영하는 사람이니까 다른 무엇보다 도서관이 도서관으로 바로 설 수 있으려면 무엇을 하고 하지 말아야 하나 돌아봐야겠습니다.

마음 상태로 보자면 어쩌면 많은 사람들이 지금 저와 비슷할지도 모르겠습니다. 사람도 자연의 일부라서 이 계절에 우리는 저 나무들처럼 고요해져야 할 텐데 모두가 추위를 무릅쓰고 거리로 나서고 있습니다. 추울수록 더욱 단단해지고 있습니다. 이런 기회는 백 년에 한 번 올까 말까

한 것일지도 모른다는 간절함. 컴퓨터 화면 속이 아닌, 광장에서 사람들을 만나고 서로 어깨동무하며 얻는 위로와 희망.

아침 출근길에 아이 손을 잡고 걸어가는 어머니 뒷모습을 봅니다. 바지런한 손길로 손님 맞을 준비를 해 놓은 가게들. 보는 곳마다 햇살이 펴져 있습니다. 나에게도 그리고 묵묵히 오늘을 사는 이웃들에게도 축복이 있기를. 매서운 바람을 애써 맞고 있는 모두에게 따듯한 빛이 있기를. 우리는 어둠이 아닌 빛으로 가고 있습니다.

베짱이편지 38

어둑해질 무렵 도서관 정리를 끝내고 나서면
작은 동산 나무들 위로
달과 개밥바라기별을 만날 수 있다.
눈뜨면 달라지는 세상이지만
어제와 오늘, 내일도
계절을 품은 하늘이 있어
나는 좋다.
새해에도 그늘진 날 있겠지만
그럴때마다 밤하늘을 바라봐야지.
달빛이 온몸을 물들이도록.

저는 제 일이 좋습니다

도서관을 운영하면서 '나라 지원'을 받아 보라는 얘기를 종종 듣습니다. 그동안 쌓인 '실적'이 있어서 마음만 먹으면 지원을 받을 수 있을 텐데 라고 생각하는 분들이 많은 것 같습니다. 안타까워하며 걱정해 주는 마음은 참 고맙습니다. 하지만 저는 '나라 지원을 무조건 받지 않겠다'가 아니라, 제 힘이 튼튼해질 때까지는 바깥에 눈 돌리지 않고 싶습니다. 지원도 제가 하고 싶은 일을, 하고 싶을 때 필요한 만큼 받을 수 있어야 하는데 대개는 그렇지 않은 경우가 더 많은 것 같습니다. 도서관이 아직은 속을 더 채워 나가야 할 때이기도 하구요. 들어오고 나가는 살림살이를 살피는 데서 벗어나 쓸데없는 고민과 걱정을 해야 하는 수고로움, 그러느라 정작 중요한 걸 보지 못하는 어리석음. 이런 여러 가지를 다 포함해서 헤아려 본다면 과연 무엇이 이로울까요?

새해를 맞아 올해 꼭 하고 싶은 일은 무얼까 생각해 봅니다. 퍼뜩 떠오르는 그림은 역시 '책'입니다. 하루가 멀다 하고 쏟아져 나오는 좋은 책은 얼마나 많은지요. 어제는 청계천 헌책방을 몇 군데 들렀는데 책 속에 파묻혀 책을 보고 고르면서 무척 행복했습니다. 책을 살까 말까 들었다 놓으며 고민하는 과정도 즐거움이었구요.

관에서 운영하는 도서관에 견줘 오가는 사람관계가 밀도 있다 보니 생각보다 사람을 돌아보는 일에 힘이 많이 드는데, 올해는 책을 못 들여다볼 만큼 다른 일에 너무 많이 마음을 빼앗겨서는 안되겠습니다. 저는 제 일이 좋습니다. 그리고 좋아하는 일을 계속 하면서 살고 싶습니다.

> '재미있다 – 여러 가지가 예쁘게 어울려서 몸이나 마음이 가볍고 밝은 느낌이 있다'
>
> – 최종규, 『새로 쓰는 비슷한 말 꾸러미 사전』

마음이 저절로 가는 일을 하며 느끼는 가장 밑바탕이 되는 감정이 바로 '재미'겠지요. 생각 없이 휩쓸려 가고 있진 않을까, 시큰둥하고 무덤덤하게 살고 있지 않나 마음을 잘 살피고 돌봐야겠습니다.

새해도 벌써 열흘이 지나갑니다. 저는 제 자리에서, 개미 친구님들도 각자 있는 자리에서 우리에게 갓 주어진 따끈따끈한 한 해를 '재미나게' 지내봅시다.

베짱이편지39

사람과 사람
사람과 자연 사이를 잇는
작은 점
ⓒ 그물코 출판사

베짱이 도서관
친구인 홍동 그물코 출판사는 15년동안
좋은책 100권을 냈다. 지난해에는 101번째 책이자
'느티나무책방'(그물코출판사 문학, 인문학 브랜드) 이름으로 첫 책을 냈다.
서울에서 시골로 내려가 생각한 대로 삶을 재미나게 꾸려가고 있는
그물코 출판사 대표 장은성 선생님.
새해들어 도서유통회사인 송인서적이 부도났다는 안좋은 소식. 주로
작은 출판사들 피해가 크다는데 그때문에 그물코출판사도 힘들다고 한다.
아무쪼록 일이 잘 해결되어 그물코를 비롯한 작은출판사들이 오래오래
좋은 책을 내며 우리들을 이어주기를.

그물코 출판사 장은성 선생님, 힘내세요. 늘 응원합니다!

책 읽는 즐거움

겨울이라 도서관은 조용합니다. 시간이 넉넉하니 책을 맘껏 읽을 수 있습니다. 책 세상이 이리도 재미날 줄이야! 예전에도 알았지만 갈수록 책 읽는 재미가 더 커지고 깊어집니다. 아침에 눈을 뜨면 오늘 읽고 싶은 책이 떠오르고, 밤이 되면 방금 읽다 만 글 다음에 펼쳐질 이야기가 궁금해서 엎치락뒷치락하다 잠들기도 합니다. 평소 궁금했던 책을 드디어 다 읽은 밤, 뿌듯한 마음으로 기분 좋게 자고 일어나면 좋은 책이 또 쏟아져 나와 있다는… 세상은 넓고 읽고 싶은 책은 많지만 다 읽지 못하니 괴롭기만 하여라!

책 고르는 즐거움 못지않은 기쁨이 바로 주문한 책을 기다리는 일입니다. 이틀 앞서 주문한 책이 오늘도 안 왔으니 내일은 꼭 오겠지요. 설이라 배송이 밀리는 모양입니다. 내일과 모레 이틀은 하루 종일 서서 전을 부쳐야 하는데 책을 기다리고, 또 읽는 즐거움이 있으니 이번 설 노동은 좀 견딜 만하지 않을까 싶습니다.

일기를 쓰는 동안 왠지 뒤통수가 뜨끔합니다. '아니, 이렇게 모셔만 둘 거면 도대체 왜 산 거야?'라고 말하는 것 같은 책들…. 사 놓고도 못 봐서 오며가며 눈에 띌 때마다 미안한 마음이 들었던 책, 그 책이 저를 부르고 있습니다.

2월도 거의 다 지나갑니다. 모처럼 한갓져서 좋은 겨울, 저는 베짱이답게 자알 살고 있습니다.

베짱이 편지 40

1985년에 문을 열었다는 제주 책밭서점을 갔다. 잔잔한 음악과 익숙한 책방 냄새, 잡지를 읽다 꾸벅꾸벅 조는 책방지기님 모습에 낯선 여행지에서 가졌던 긴장이 풀린다. 책방지기님은 농사를 짓기 때문에 책방문을 늦게 여신다고. 말끔하게 정리된 책시렁을 둘러보며 (뜨끔. 반성) 곳곳에서 그분 손길과 마음이 느껴졌다.

제주 관련 고서, 제주 신화와 역사이야기가 담긴 책들이 눈에 띄었다. 제주를 사랑한다면 꼭 알아야 할. 관광지로만 소비되는 제주에서 제주가 가진 참모습을 알리고 계신 셈이다.

단지 시간이 오래 쌓였다는 것만으로 가치있다고 말할 순 없을 것이다. 좋아하는 일을 이어갈 수 있는 힘은 무엇인가. 나는 책밭서점을 나오며 도서관 이만하면 잘하고 있는 거라고 슬그머니 자부했던 생각을 얼른 지워버렸다.

마음 힘만은

《한겨레》 책 소개 코너에 눈길을 사로잡는 책이 실렸습니다. 『동전 하나로도 행복했던 구멍가게의 날들』. 신문 한 면을 다 차지할 만큼 크게 인쇄된 그림들이 종이를 뚫고 나와 눈앞에 펼쳐집니다. 게다가 이 책에는 우리 동네 구멍가게 이야기도 실렸습니다. 스무 해 동안 작가가 골골샅샅 온 마을을 다니며 구멍가게를 그리게 된 발판이 바로 우리 동네 관음리에서 만난 구멍가게를 그리면서부터였다고. 그때가 1998년이라고 하니 당시 저는 '퇴촌'이라는 이름조차 모를 때네요.

제가 퇴촌에 살기 시작한 때가 2004년. 그때는 나지막한 산과 곳곳에 숨 쉬는 논밭, 돌돌돌 재미난 이야기를 속삭이는 듯한 냇물, 발길 닿는 데마다 만나는 이름 모를 들꽃들에 한창 마음을 빼앗겼을 때인데, 1998년이면 그보다 훨씬 앞섰으니 우리 마을은 얼마나 더 예뻤을까요? 열 해 남짓 사는 동안 마을이 많이 복잡해졌습니다. 길은 좁은데 건물은 꾸준히 들어서고, 차가 많아지니 오래된 나무들도 베어내고, 도서관 식구들이 사랑한 고양이 은총이도 차에 치어 죽는 일이 생깁니다. 그 많던 야생화들은 다 어디로 갔을까 문득문득 생각납니다. 냉이, 달래 같은 나물도 산에 지천이었는데… 고사리를 캐다 보면 어느새 산꼭대기까지 와 있곤 했습니다. 흙냄새 폴폴 나는 마을에서 나물 캐고 쏘다니며 만나는 꽃, 꽃들…. 사랑스러운 그 이름들을 하나하나 알아가느라 바빴던, 그러면서도 어려서부터 늘 시골살이를 꿈꿔온 터라 정신없이 좋았던 시절이었습니다.

지금도 우리 마을은 아름답습니다. 하지만 이 책에 실린 구멍가게들과 그 앞에 당당하게 서 있는 나무들을 보니 안타까움이 밀려옵니다. 집 둘레 구멍가게 앞에 서로 다정하게 마주보고 있던 커다란 느티나무 두 그루를 베지 않았더라면, 이미경 작가님이 한 번 더 와서 그림을 그렸을지도 모를 일입니다. '노목, 거목, 희귀목'에 '특별히' 지정되지 못한 우리 동네 나무들에게 안부를 묻습니다. 올 한해도 그대들 무사하기를….

"우리는 가난하나 외롭지 않고, 우리는 무력하나 약하지 않다"라는 신경림 시인의 시 구절 한 대목을 읽습니다. 가난하나 외롭지 않을 수 있는 힘은 내 마음껏 바라보고 느낄 수 있는 저 크고 깊은 우주를 얼마나 가슴에 많이 품어 보느냐에 달려 있지 않을까요? 고개만 들면 드넓은 하늘이, 사람이 어쩌지 못하는 허공이 있어 다행입니다. 여기까지는 '내 하늘', 저기서부터는 '네 하늘'일 수 없어 참말 다행입니다.

하늘과 나무와 강을 보듬어 봅니다. 별과 바람과 구름을 가지고 놀아 봅니다. 주머니는 가볍지만 마음 힘만은 크게 키우고 부풀려 봅니다.

베짱이 편지 41

아이들이 엉덩이 붙이고 앉아 있기 쉽지 않은 철, 봄이다.
바깥에서 놀다 들어와 책읽는 모습이 예쁘다 못해 고맙기까지하다.
책 읽을 환경이 다 갖춰져야 책을 읽을 수 있는 어른들과 달리 아이들은 아무때나 책을 읽는다. 아이들에겐 책도 재미고 놀이니까.

오후가 되면 시끌벅적 도서관 문을 여는 아이들을 맞이하고, 마구 솟아오르는 힘을 어찌할 수 없어하는 녀석들은 도서관 마당으로 내쫓아가며 보내는 일상. 언제나처럼 평온하면서도 시끄러운 도서관에서 아이들과 평범한 하루하루를 보내는데 요사이는 속에서 자꾸만 울컥하는 것이 올라온다. 아무래도 4월이라 그런가보다. 이번 달에 하는 낭독음악회 제목처럼 우리들 서로서로 많이 안아주는 달이 되기를.

한 직장에서 이리 오래 일하다니!

얼마 전, 태어나 처음으로 잡지 '인터뷰'를 했습니다. 다른 데도 아니고 '인문, 예술, 교양' 잡지라니요! 아무리 생각해도 제가 들어갈 자리는 아닌 것 같아 몇 번 사양을 하다 어렵게 용기를 냈습니다. 누군가 진심으로 물어봐 주는 일이 어쩌면 참 고마운 일일 수 있겠다 싶었거든요.

인터뷰를 앞두고 막막해서 그동안 쓴 도서관 일기를 쭉 읽었습니다. 말주변이 없는데다 인터뷰 하기 며칠 전부터 너무 긴장되어 괜히 한다고 했나 후회도 했지만, 일기와 지나온 사진들을 들여다보며 무척 행복했습니다. 처음엔 혼자였지만 지금은 좋은 사람들과 함께라는 점이 가장 좋았습니다. 그러면서 개미 친구님들을 생각했습니다. 우연한 인연으로 개미가 되어 주신 분, 후원 받는 입장에서 후원을 해 주고 있는 분, 후원을 관두었다가 다시 해 주시는 분….

저는 후원 액수를 알리지 않습니다. 드러나고 알아주지 않는데도 조용히 후원 금액을 올리는 분이 있고, 사정으로 후원을 그만하게 되었다며 너무 미안해하는 분도 있습니다. 그동안 후원해 주신 것만으로도 얼마나 고마운 일인데 미안해하다니요. 표현하고 돌려드리지 못하고 그 마음들을 고스란히 받고만 있어 늘 미안한 건 저입니다. 제가 할 수 있는 일이라곤 고작 이렇게 소식지를 쓰고 우표 붙여 봉투에 넣을 때마다 고마운 마음을 함께 꾹꾹 눌러 담을 뿐입니다.

어릴 때부터 저를 잘 아는 친구가 제게 "니가 한 직장에서 이리 오래(?) 일하다니 놀랍다."라고 말한 적이 있습니다. 개미 친구님들과 눈에 보이지 않지만 소중하고 귀한 무언가를 주고받을 수 있어서인지도 모르겠습니다. 그 사실이 참 힘나고 신나서 저처럼 진득하지 못한 사람도 재미나게 이어갈 수 있나 봅니다.

인터뷰를 하면서 얼마나 긴장을 많이 했던지 손에는 땀이 나고 얼굴은 빨개지고, 주춤주춤 말을 하다가도 머릿속이 하얘져 말을 잇지 못할 때가 여러 번이었습니다. 잡지에 조만간 기사로 나오면 제 얕음과 가벼움이 만천하에 알려지게 되겠지만 과정에서 느낀 바가 많아 그것만으로도 고맙게 생각합니다.

잡지사 선생님이 다녀가신 뒤 그때 하신 질문들이 자꾸만 머릿속에 맴돕니다. 흐리고 흩어져 있는 생각이 모아지며 정리가 되기도 합니다. 좋은 인터뷰란 그 과정에서 배우고 깨달을 수 있는 거구나 느낍니다. 잡지사 대표인 민병모 선생님, 맑고 따뜻한 김내혜 선생님과 인연이 되어 기쁩니다. 도서관을 열고 있으니 이렇게 좋은 분들이 '제 발로' 찾아옵니다.

이명은 인터뷰가 끝나자 바로 사라졌다.

베짱이 편지 42

〈세월호를 기억하는 음악회 -'안아주기'〉에서
함께 노래하는 아이들.

살면서 만나는 힘겨움들을
혼자 풀고 넘는 듯 하지만
오롯이 혼자서 해냈다고 할 수 있는 일이 얼마나 될까.
밤하늘에 빛나는 별들, 풀숲에 핀 작은 꽃,
싱그러운 아침 햇살, 하늘을 가르는 새들의 힘찬 날갯짓,
누군가 건네는 다정한 눈빛과 따뜻한 말 한마디,
해맑은 아이들 노랫소리…
보이지 않지만 우리에게 숨결을 불어넣어 주는 것들이 있어
두 발 단단히 딛고 다시 일어설 수 있음을.

행복하다는 마음

세 해 남짓 도서관에서 책을 읽고 새로운 이웃들을 만나 여러 가지를 해 보고 느끼며 저도 한 뼘 더 자랐습니다. 배우고 깨달은 생각들은 자연스레 도서관을 이루어 갑니다.

'만약 문고가 백 개라면 백 가지 다른 문고가 있다'라고 할 만큼 일본의 가정문고들은 저마다 자기 빛깔을 가지고 있다 합니다. 도서관이라고 해서 꼭 더 다양한 책으로, 갈수록 많은 사람들을 위한 곳이 되어야 한다고 생각하지 않습니다. 보다 많은 사람들이 원하고 찾는 책들을 두루 갖춘 도서관도 필요하지만, 자기 빛깔과 이야기가 담긴 도서관도 있어야 합니다. 오히려 틀이나 얼개가 다 다른 도서관이 많아야 재밌지 않을까요?

도서관에 발걸음 하는 사람들을 따듯이 맞이하고 배려하는 마음가짐과 태도는 틈틈이 살피고 돌아봐야 하지만, 그 또한 자기 그릇에 알맞게 할 수 있는 일입니다. 일뿐만 아니라 사람관계에서도 내가 가진 만큼과 정도를 잘 알고 욕심 부리지 않아야겠지요. 내가 마땅히 할 수 있는 선에서 저절로 우러나와야 그런 마음이 다른 사람에게도 진심으로 전해지니까요.

누군가 가볍게 던지는 말에도 큰 무게를 두어 고민하고, 작은 오해나 갈등이라도 당장 풀지 않으면 못 견뎌 했던 지난날을 되짚어 봅니다. 둘레를 보느라 나를 돌보고 내 마음을 들여다보는 일은 늘 뒷전이었습니다. 오지랖이라 생각하면서도 그게 바로 내 모습이라 여겼습니다. 결이 다 다른 사람들을 도서관에서 만날 때마다 나는 어떤 빛깔과 무늬를 가진 사람인가 가늠해 봅니다. 이웃들 낯빛과 마음을 살피고 헤아리며 내 뜻과 생각을 만나고 알아갑니다. 예전보다 훨씬 많은 관계와 만남 속에 있지만, 외려 나는 어떤 사람인가 차츰차츰 더 뚜렷해집니다. 무엇보다 생각을 만들고 세우고 키워 주는 책들 덕이 크겠지요. 혼자 지낼 때보다 사람들과 함께 있는 시간이 늘어나며 어쩌면 그 속에서 더욱 나를 지키고 싶은 마음인지도 모르겠습니다.

행복하다는 마음은 어디에서 올까요? 내가 하고 싶은 일을 하고 살면서 이웃들과 사랑을 나누고 세상과 아름답게 어우러질 수 있다면 더없이 좋겠지요. 참 어렵습니다만, 나를 옭아매는 수많은 관계와 시선으로부터 자유로워지려면 우선은 내가 어떤 사람인지, 내가 걸어가고픈 길은 어떤 것인가 스스로 깨닫고 배우며 알아 나가는 일이 먼저겠지요. 도서관에서 만난 책과 사람으로 제가 저를 더 잘 알게 되었듯, 이웃들에게도 도서관이 그런 곳이 되길 꿈꾸어 봅니다. 다른 사람과 견주지 않고 충분히 나답게 살아가는 한 사람 한 사람이 더불어 기쁘게 연대해 나갈 때 우리가 함께 바라고 그리는 세상에 한 발자국 더 가까워지지 않을까요?

그림책출판사 '고래이야기'가 운영하는 용문산 동네서점 <산책하는 을 다녀왔다.
양평이라 바로 옆동네고 가는 길이 한갓져서 좋았다.

베짱이편지 43

내가 책방마실을 다니는 이유는 당연히 책을 직접 보고 살수 있어서이다. 책을 좋아하는 사람들과 이야기를 나눌수 있고 지금 가는 책방에는 어떤 책이 있을까 기대하며 가는 발걸음도 큰 즐거움이다.
길을 헤매다 우연히 만난 멋진 풍경, 바다가 보이는 곳에서 산 시집… 가다가 보고 듣는 것들은 그 곳에서 산 책에 오롯이 담긴다.
기억이 곧 사람을 만들어간다고 하면, 좀 수고스럽겠지만 앞으로도 나는 책방을 다니며 책과 더불어 소중한 기억들을 함께 건져올리고 싶다.

돈보다 위에 있는 건 뭘까?

하루가 다르게 아이들이 무럭무럭 자랍니다. 큰아이는 벌써 콧수염이 새까맣게 올라오는 나이가 되었습니다. 학교 마치고 돌아온 아이는 도서관에서 뒹굴뒹굴 책을 읽거나 누군가 읽어 주는 이야기를 듣습니다. 친구와 놀고, 텃밭에서 저처럼 쑥쑥 올라오는 녀석들을 날마다 돌보고 아줌마들과 수다도 떨면서 하루를 보냅니다. 나름 치밀한 계산(?)으로 아이를 방치해도 좋을 만한 환경을 만들어 놓고 풀어 키웠는데, 제 모습대로 잘 자라주는 아이가 예쁘고 고맙습니다. 세상을 이루는 선한 목숨들과 부드럽게 어울리고, 도서관에서 키운 생각들을 밑돌 삼아 아이가 행복을 느낄 수 있는 일을 스스로 찾아 즐겁게 산다면 엄마로서 더 바랄 게 없겠지요.

도서관을 꾸려가는 일은 제가 그동안 가졌던 직업 중 가장 행복한 일입니다. 이십 대 때, 쭉 있었으면 돈을 꽤 모을 만한 직장에 들어갔지만 몸도 마음도 버티기 너무 힘들어 승진을 앞두고 박차고 나왔던 일이 떠오릅니다. 이대로 가다가는 시간에 쫓겨 나를 잃어버릴 것 같은 절박감이 들었달까요. 옮겨간 곳은 다니던 직장에 견주어 월급이 절반도 되지 않은 곳이었습니다. 쉬는 날도 없이 쌓이는 스트레스와 피로를 먹고 마시고 쓰는 데 보냈던 지난 직장 생활. 새로운 직장에서는 적은 월급이나마 아껴 쓰며 모으고 주말이면 버스나 기차를 타고 혼자 여행을 다녔습니다. 모두가 반대했지만 내 길을 정하고 골랐다는 것, 누가 뭐라든 앞으로 마주할 내 삶과 주어진 시간을 헤아려 뜻을 펼친 데서 오는 기쁨이 컸습니다. 가볍고 홀가분했습니다. 생각해 보면 돈 벌 궁리를 하고 살면서도 돈보다 위에 있는 건 뭘까 늘 궁금해 했던 것 같습니다. 지금껏 한번도 '잘' 벌어 본 적이 없어서 외려 그런 생각을 하게 되는지도 모르겠습니다.

저녁이면 들어가 몸 누일 집이 있고, 언제든 마음 나눌 친구가 있어 외롭지 않다는 것. 환한 햇살 아래 활짝 웃으며 뛰노는 아이들 모습을 볼 때, 무엇보다 건강하게 걷고 말하며 오늘 하루를 살았음을 돌아보면 지금 내가 가진 것이 너무 많다는 생각이 들 때가 많습니다.

월세 내가며 도서관을 운영한다고 하면 '사는데 꽤 여유가 있나 보다' 여기는 분들이 계시기도 하지만, 제가 다른 건 몰라도 마음의 여유는 많다고 자부합니다. 하하. 돈을 잘 버는 일과 돈보다 가치 있는 것을 찾아 즐겁게 누리는 일을 저는 다 잘할 수 있는데, 어찌된 일인지 돈을 잘 버는 일은 제게 별로 일어나지 않는군요. 그럴 바에야 오늘도 좋아하는 책이나 실컷 읽고 한껏 놀 궁리를 해야겠습니다.

베짱이 편지 44

도서관에 출근하면 창을 열어 하루를 연다.
도서관 둘레 나무들. 푸릇푸릇한 나뭇잎 틈새로 들어오는
싱그러운 아침 햇살은 언제나 좋다.
나무가 주는 위로는 얼마나 마음 그득한 것인가.

지난해 가을부터 도서관 앞에 빌라를 짓기 시작했다.
얼마 전에는 도서관과 마주보고 서 있던 나무들을 몽땅 뽑아버렸다.
휑한 그 곳을 볼 때마다 마음이 아프다.
어린 나무가 나와 함께 나이를 먹으며 차츰차츰
할아버지 나무가 되어가는 것을
오래도록 지켜볼 수 있으면 좋을텐데…
그 나무들에 깃들인 새들의 '떼창'을
나는 이제 어디 가서 들을까?

내 몫까지 신나게 살렴

내일이면 엄마 방사선 치료가 끝납니다. "엄마, 우리 걱정은 말고 할머니한테 갔다 와."라던 딸, "도서관 걱정 말고 엄마 옆에 꼭 붙어 있다 와." 라던 이웃들 덕에 부족하나마 딸 노릇 조금은 할 수 있었습니다. 제가 가서 한 일이라야 엄마 이야기 듣는 일이 거의 다였지만요.

선생님이 되고 싶었던 엄마, 하지만 동생들 뒷바라지 하느라 일찌감치 직장을 다녀야 했던… 그래서 고등학교 3학년 때 청소 시간을 빼먹고 소심한 반항을 했다는 엄마, 『나의 문화유산 답사기』를 읽고 혼자 기차 타고 책 속에 나온 청도를 다녀왔다는 엄마…. 제가 도서관을 열고 여직 이어나갈 수 있는 건 모두 엄마를 닮아 그런 거구나 싶었습니다. '오지랖 대마왕'인 데다 술과 친구, 음악을 좋아하는 아버지도 많이 닮았지만요.

엄마가 아프고 나서 식구, 도서관 등 그동안 붙들고 있던 것들을 좀 놓고 고향인 마산을 오가며 많은 걸 느꼈습니다. 미루지 말고 진짜 중요한 걸 하고 살자는 생각이 더욱 깊어졌습니다. 아이들이 그새 좀 컸고 도서관이 조금은 자리를 잡아서일 수도 있겠지만, 믿음직한 이웃들이 없었다면 내 마음 움직이는 대로 마냥 할 수만은 없었을 것입니다.

얼마 전, 마산 다녀오는 버스 안에서 전화로 엄마가 한 말씀이 생각납니다. "오십 되면 아이들 좀 크고 다시 자유가 찾아온단다. 외로워하거나 쓸쓸해 말고 지금부터 차근차근 준비해서 그때는 친구들과 더 재미나게 살아라. 내 몫까지 신나게 살렴."

지난 몇 달은 엄마 곁에서 엄마 이야기를 들을 수 있어 참 고마운 시간이었습니다. 함께한 그 시간들은 살아가는 동안 평생 잊지 못할 소중한 기억이 되리란 것도 이제는 압니다.

그림책 <사라질거야>를 낸 키키가 방학이라 도서관에 놀러 온 조카들에게 소중한 '1호' 사인을 해주고 있다.

베짱이 편지 45

도서관 한 쪽 '키키와 구름공장'에서 글을 쓰는 키키와 그림을 그리는 구름. 두 친구에게 좋은 일이 생겼다. 키키는 작가로 첫 그림책을 냈고 구름은 도수리에 자그맣고 예쁜 한옥을 보금자리 삼아 '감성화실 구름'을 새로이 열었다. 친구들 삶에서 잊지못할 '첫' 순간을 함께하는 기쁨이 크다. 도서관이란 곳이 책을 보고 빌려가는 곳이기도 하지만 누군가의 꿈을 응원하고, 자기 빛깔을 찾아 나자신으로 우뚝 서서 살아갈 수 있도록 격려하고 도와주는 공간이란 점도 참 좋다. 소중한 첫 발걸음을 뗀 친구들이 앞으로 더 용기있고 씩씩하게 나아가기를.

함께 나눌, 작은 즐거움들이 더 늘어나면 좋겠다.

입추 인사

도서관 방학을 마치고 도서관을 둘러봅니다. 한 주 앞서 도서관 텃밭에 난 풀을 뽑았는데 그새 무섭게 자랐습니다. 도서관 앞 전봇대 아래에는 사람들이 함부로 버리고 간 쓰레기가 무성합니다. '이 곳에 쓰레기를 버리지 마세요'라고 크게 써 붙이는 것보다 그 자리에 꽃을 심는 방법이 아무래도 더 좋겠지요? 곳곳에 흩어져 있는 쓰레기를 줍고 마당을 쓸고 안으로 들어와 오랜만에 책꽂이 틈 사이 먼지를 훔치고 바닥을 닦았습니다. 화장실 벽면에 핀 곰팡이를 문지르기까지! 어쩌다 오늘은 제 허술한 눈에 그게 다 보였을까요? 청소한 티가 별로 안 나지만 나름 부지런히 몸을 움직이니 기분이 꽤 상쾌했습니다. 자리에 앉아 대출 공책을 펼쳐 반납 기한이 지난 분들에게 문자를 보낼까 생각하다가, 지금은 너무 덥고 아직 아이들 방학이니 좀 더 시간을 드리자 싶어 다시 덮습니다.

오늘은 평소 좋아하는 그림책들을 찾아 한 권씩 읽었습니다. 예전에는 좋아하는 책들을 늘 손닿는 곳에 놓아두곤 했습니다. 하지만 이제는 저도 도서관 여기저기 분류되어 흩어져 있는 책들을 따로따로 찾아 읽어야 합니다. 집에 고이 모셔 두고 가끔씩 꺼내 볼 때에 견주어 책 상태가 썩 깨끗하지 않지만 그래도 지금이 좋습니다. 책들도 그렇겠지요. 책이 도서관에 다 와 있으니 이따금 보고 싶은 '그 책'이 떠오를 때면 아쉽기도 합니다. 퇴근하기 전에 생각나면 좋으련만 왜 꼭 밤이 이슥해서야 떠오를까요?

아끼고 사랑하는 그림책은 언제 읽어도 좋습니다. 보고 또 봐도 질리지 않는 그림책들은 글과 그림이 서로 자연스레 스며들어 참 잘 어우러집니다. 시간이 어느새 오후 다섯 시를 넘어가니 큰아이가 배고프다고 툴툴거려서 본 책들을 제자리에 꽂고 뒷정리를 했습니다. 집에 가지고 갈 책이 뭐가 있나 훑어보면서요. 혹시 밤에 읽고 싶어질지도 모를 만일의 사태에 대비해 책을 들고 나르느라 오늘처럼 퇴근길에 양손 무겁게 책을 가져가곤 합니다. 두 팔이 늘 고생이지요.

도서관 불을 끄고 나와 마당에 자라는 녀석들을 봅니다. 봐주는 이 있건 없건 늘 그 자리에서 오늘 하루 제 할 일을 하는 꽃과 나무들. 이 더위에도 어엿하게 잘 견디는 모습을 보니 제가 너무 엄살을 부렸나 싶기도 했습니다. 날마다 동네 개울로 출근하는 아이들은 그래도 이 여름을 즐기고 있겠지요.

언제쯤 하늘과 바람에서 가을이 느껴질까요?

뜨거운 날들입니다. 이럴 땐 가깝고 시원한 도서관으로 피서 가는 것도 좋겠습니다. 오늘이 입추니 곧 땅이 식겠지요. 얼마 안 남은 여름, 모두 건강히 잘 지내시길.

베짱이편지46

도서관 앞에 사람들이 이따금 쓰레기를 버려놓는다.
죽은 나무와 전봇대 사이. 오래전 빛을 잃은
나무는 표정없는 얼굴로 누군가 던지는 쓰레기와
무심히 지나가는 사람들을 보고,
나는 어떤 모습으로… 얼마나 아름다운 이야기를 품고 있었을까 상상하며
나무를 본다.
한데 얼마전 그 둘레에 꽃을 심은 뒤부터 나무에게 표정이 생겼다.
날마다 피었다 지는 앙증맞은 꽃들과
그 꽃을 바라보는 사람들 얼굴 때문일까.
어쩌면 나무는 거짓말처럼 새 잎이 돋아나길 꿈꾸고 있는지 모를 일이다.

아이들이 찾는 도서관

가을이 왔습니다. 지난달 소식지를 쓸 때만 해도 더위에 지쳐 '대체 언제쯤 가을이 올까' 했는데 처서 지나니 공기에서 축축한 기운이 싹 달아나 무척 신기했습니다. 우리 선조들은 어떻게 그런 걸 다 깨우쳤을까요?

아이들 방학과 도서관 방학이 겹쳐 8월에는 도서관이 조용했습니다만, 언제 그랬냐는 듯 마지막 주를 시끌벅적하게 보내며 여름살이를 갈무리했습니다. 8월 21일에는 창녕 우포에 사는 가수 우창수 · 김은희 님과 개똥이어린이예술단이 올라와 노래를 불러 주었습니다. 개똥이들은 직접 쓴 시를 노래하고 춤도 추면서 공연을 보는 우리의 눈길과 마음을 사로잡았습니다. 아마 그동안 도서관에서 연 행사 중 아이들이 가장 집중해서 본 공연이지 싶습니다. 나흘 뒤에 연 '키키 안세정 님 신간 그림책 『사라질 거야』 북콘서트'에도 아이들이 꽤 많았습니다. '작가와의 만남'에는 으레 어른들이 많이 오는데 이렇게 아이들 손님이 대부분인 건 처음이었습니다. 도서관에서 그림책을 읽어 주는 키키가 그만큼 아이들에게 인기가 많다는 걸 말해 주는 거겠지요. 그날 집으로 돌아가 "태어나 처음 작가를 만나 사진을 찍고 책에 사인도 받았다."며 좋아했다는 아이 얘기를 들으니 제 마음이 다 뿌듯했습니다. 어린 시절 동화작가가 꿈이던 저는 시인이었던 학교 선생님을 좋아했는데, 그 분이 처음으로 제게 책 선물을 해 주어 퍽 두근거렸던 기억이 지금도 생생하니까요.

퇴촌 아이들에게 멋진 추억을 선물해 준 가수 우창수 님과 김은희 님, 그리고 키키와의 인연을 되돌아봅니다. 도서관이 아니었다면 이 좋은 사람들을 모른 채 살았을 수도 있겠지요. "우리가 노래로 힘을 드리고 싶어 찾아갔는데 너무 받기만 하고 온 것 같아 미안해요."라고 했다는 개똥이들 마음은 또 얼마나 예쁘던지요. 저야말로 멀리서 여기까지 응원하러 와 준 것만으로도 넘치게 고맙습니다. 서로가 서로에게 준 것보다 받은 것이 더 크다고 여기며 고마워하는 마음이야말로 참 귀한 것이지 않을까, 한 사람 한 사람 그 소중한 삶들이 도서관을 응원해 주는 마음 또한 얼마나 값진 것인가… 하는 생각을 절로 하게 된 행사들이었습니다.

깔깔 웃고 장난치는 아이들이 도서관에 한가득 다녀간 뒤로, 앞으로 꾸려 가고픈 도서관을 틈틈이 떠올려 봅니다. 도서관이 할 수 있는 역할과 그려 볼 수 있는 여러 그림들이 있겠습니다만, 어쨌든 아이들이 찾지 않고 좋아하지 않는 도서관은 누구에게도 별로 가고 싶은 마음이 썩 들지 않는 도서관이 될 수 있겠다는 생각과 더불어서요.

저 봐라 사람들 오늘도 말없이 무거운 수레를 끌고 가네요
수많은 사연들 저 많은 이유들 어쩌다 이고지고 가시려
오늘 그대 반짝이는 별을 보거든
거기 누가 사는지 한번 물어봐요
오늘 그대 잠못드는 밤이 오거든
나는 누구인가 한번 생각해봐요
아무도 슬프지 않도록
아무도 화내지 않도록
아무도 두렵지 않도록
아무도 고통받지 않도록

우창수 글·곡 <아무도>

가수 우창수

짝지 김은희

많거나 말거나
둘은 두 살 차이.

"소영아~ 책방은 잘 돌아가나. 내가 니한테 뭐시라도 도움이 되야끼인데... 미안타이."

"와이랍니꺼 선배님. 존재만으로도 을매나 힘이 되는데예. 미안타 소리 좀 하지마이소 쫌."

개똥이 아이들, 얼굴도 마음도 동그란 동그리 언니와 함께 곰곰살살
어려운 이들 찾아다니며 노래로 힘을 주는 우창수 선배.
언젠가 우리 도서관에도 노래나무를 심고갔다.
이렇게 진짜 삶을 사는 진짜 사람들을 만나면 나는 부끄럽다.
작은 것 하나라도 삶으로 살아내지 않는다면 책을 아무리 많이 본들
무슨 소용이 있을까? 책보다 삶이 먼저다.

오늘 하루

도서관 앞에 사람들이 쓰레기를 버리곤 하는 자리에 꽃을 심었더니 지나다니며 보는 재미가 꽤 있습니다. 전에는 누가 쓰레기를 버렸나 안 버렸나 살피고, 있으면 치우느라 스트레스였는데 지금은 이곳을 볼 때마다 기분이 좋습니다. 작지만 그래서 더 아기자기하고 어여쁜 꽃밭. 지나가는 마을 어르신들이 오가며 꽃을 보느라 발길을 멈추는 모습을 보는 건 덤으로 얻는 기쁨입니다. 키 작은 채송화를 보려고 쪼그려 앉습니다. 채송화는 심은 지 하루 만에 꽃이 피었어요. 옮겨 심은 녀석이라 몸살 좀 앓겠구나 했는데 보란 듯이 씩씩하게 꽃을 피웠습니다. 풀꽃과 나무들이 가진 힘은 우리 생각보다 훨씬 강합니다. 사람들이 괴롭히지만 않으면 어디서든 자기 몫으로 주어진 삶을 넉넉히 잘 살아갈 친구들.

요사이는 도서관 일을 끝내면 늘 텃밭을 돌아보는 일로 하루를 마무리 짓습니다. 뒷마당 고인돌 옆에 새로 허브 텃밭을 꾸미려고 어제는 삽질을 좀 했더니 허리가 쑤시네요. 질척질척한 땅을 오늘도 손봐야 하는데…. 일 끝나고 오늘은 아무래도 막걸리 한 잔 해야겠습니다. 풀 뽑고 땅 파고 흙을 골라 씨앗이나 모종을 심는 일은 힘들지만 재밌습니다. 땀 흘리며 몸을 움직이는 동안 오로지 그 일에만 마음을 쏟을 수 있어 좋고요. 손톱에 오지게 박힌 흙 때를 빼는 일이 좀 귀찮긴 합니다. '에이… 기타 쳐야 하는데….' 속으로 막 투덜거리면서요. 그래도 텃밭을 가꾸는 일이 좋습니다. 하루 동안 만나는 햇볕과 바람, 물을 먹고 마시며 꿋꿋하게 그 날을 사는 푸른 목숨들과 만나다 보면 저절로 제 마음도 그렇게 됩니다. 제가 풀꽃을 보살피는 게 아니라, 그 친구들이 저를 돌봅니다.

어제는 박경리 선생님을 오랫동안 아들처럼 모셨다는 문학평론가 정현기 선생님이 오셔서 '박경리 사진집'도 주시고, 익히 아는 소설가들 이야기를 비롯해 이런저런 좋은 말씀들을 들려주셔서 마음이 벅찼습니다. 박경리 자필 원고도 갖고 계신다기에 조만간 선생님 댁에 놀러 가기로 했습니다!

가뭄에 내리는 소나기처럼 가끔 찾아오는 생각지도 못한 이런 기쁨들은 한동안 살아가는 힘이 되어 줍니다. 지나온 일들과 알 수 없는 미래에서 괜한 걱정과 고민을 당겨 하느라 지금 흘러가는 소중한 시간을 헛되게 쓰지 말아야겠습니다.

베짱이편지 47

우리 마을에는 아름다운 곳이 참 많다.
논과 강, 나무가 예쁘게 어우러진 금사리, 강따라 구부러진 길과 수양버들, 자그마한 섬, 멋진 플라타너스가 있는 분원리, 소박한 골목과 동굴 벚꽃길, 화가 김점선이 사랑한 귀여리, 넓게 펼쳐진 계단식 논과 은행나무가 있는 검천리, 선착장 앞 몇백년 된 느티나무, 겸재 정선이 그린 푸른 여울 수청리.

도서관이 있는 관음리는 많이 복잡해졌지만 마을 곳곳에 그림같은 풍경이 있어서 도서관에 귀한 손님이 오면 꼭 함께 걸으며 논과 강, 산과 나무를 보여드리고 싶다. 게다가 마음 넉넉하고 따뜻한 내 이웃들과 함께라면 서로에게 기억에 남을 뜻깊고 소중한 만남이 되지 않을까.

길을 묻다

오늘은 오후 1시에 도서관 문을 여는 금요일이라 느긋하게 하루를 엽니다. 창 밖에 비치는 하늘빛이 차츰 푸르러집니다. 하늘도 구름도 나무도 바람도 선연한 가을입니다. 오늘이 벌써 9월 29일. 추석 연휴 끝나면 10월 소식지를 만들어야 하네요. 9월 소식지를 보내고 개미 친구님들 몇 분께 전화와 문자를 받았습니다. 거의 우표 이야기…. 광주 시내까지 나가 한 시간 넘게 줄 서서 문재인 대통령 취임 1주년 기념 우표를 산 보람이 있구나 싶었습니다. 사소한 우표 하나지만, 이런 게 실은 제 마음이고 정성인 셈인데 개미 친구님들이 그렇게 생각해 주니 참 고마웠습니다.

며칠 손에 잡고 있던 책, 『유럽의 그림책 작가들에게 묻다』를 다 읽었습니다. 문장 하나하나 공감되는 부분이 많아 천천히 읽은 책입니다. 온갖 시선들과 경직된 사회 분위기, 다양한 생각을 담아내지 못하는 교육 시스템 안에 사는 우리들…. 저만 그런 게 아니었습니다. 작가들을 만나

인터뷰를 진행한 최혜진 님도 우리 사회가 주는 그 틀이 참 싫었구나 싶습니다. 틈만 나면 상상하기 좋아하는 조용한 아이였지만, '넌 안 돼'라고 확인받아야 했던 수많은 순간들이 떠올랐습니다. 자라면서는 다른 사람 눈치 보고 세상 기준에 맞추어 '튀지' 않으려 애쓰는 내가 되어 있었습니다. '이건 아니구나' 하는 생각, 그 생각을 밑틀 삼아 스스로 돌아보고 상처를 치유하며 다시 성장하기까지 참 오래 걸렸습니다. 지금도 물론 그 과정 중에 있습니다. 책 속에 나온 그림책 작가들이 모두 훌륭한 부모 아래 멋진 어린 시절을 보내어 자기 삶을 잘 찾고 행복한 삶을 살 수 있게 된 건 아닙니다. 어쨌거나 내가 가장 나다울 수 있는 길은 스스로 찾아야 하나 봅니다. 시간이 어떻게 지나갔는지 모를 만큼 그 순간을 살게 하는 그 무엇, 그게 뭘까요? 삶이란 그걸 알아내고 찾아가는 과정이겠지요. 이 책은 제게 길을 묻는 책입니다. 세상으로 뻗은 수많은 길 중 한 걸음 한 걸음 내가 살아 숨 쉬는 길을 잘 찾을 수 있기를.

요즘에는 '날마다 그리기'를 합니다. 늘 보던 익숙한 풍경이 점과 선, 면과 빛깔 덩어리로 낯설게 보이는 느낌. 그리는 동안 시간에 푹 빠져 있을 수 있어 좋습니다. 책 읽을 때처럼 마치 새로운 시공간 속으로 시간 여행을 떠나는 기분입니다. 아무도 보는 사람 없는데도 하얀 종이에 선 하나 긋는 일이 왜 그리 두려웠을까요. 눈치 보고 겁내는 모습이 여전히 제 안에 있습니다. 그러려니 하고 살아왔는데 뭣 때문인지 갈수록 그런 제 모습을 견딜 수 없네요. '우리를 틀 안에 자꾸만 가두려는 세상 그 모든

것들로부터 벗어나고 싶었잖아? 그러니 그냥 세상 밖으로 나오자, 나와서 이제는 좀 놀자고 제발!'

도서관에서 '번개'로 연 '이제니 시 낭독회' 때 시로 지은 노래를 부르는 제니 언니.
우리 민교가 제니씨 시에 푹 빠졌잖아. 특히 '마지막은 왼손으로' 라는 시는 달달 외울정도로 좋아한다니까.
진짜가?! 그래케봤자 민교 인자 열살빼이 더됐나. 우예 그런 일이 다 있노

스무해 전, 대학교 락밴드 동아리에서 기타를 치던 제니언니는
어느 사이 시인이 되고
드럼을 치던 나는 도서관 지기가 되어
다시 만났다.
스무 해가 흐른 뒤에 우리는…?

도서관 4주년 기념 특별케잌!
48호 소식지와 똑같이
경하가 만들어줬다. 감동 T.T

베짱이도서관 4년

앞산에 가서 풀냄새를 실컷 맡고 왔습니다. 사람들이 바삐 하루를 움직이며 보내는 사이 저절로 익어간 풍경들. 어느새 밤도 다 떨어지고 나무들 아래 가을 잎만 수북했습니다. 집 안까지 따라 들어온 싱그러운 풀내음.

2017년 11월 8일, 도서관 연 지 네 해가 되는 날이 다가옵니다. 지난해까지는 도서관에서 맞는 '즐거움, 기쁨, 재미'에 집중했다면, 올해는 '어려움'을 좀 더 들여다봤던 한 해였달 까요. 이제 어느 부분에서 힘겹고 어려움을 느끼는지, 품이 많이 드는지 알게 되어 그런 것 같습니다. 사는 데 기쁘고 재미있는 일만 있으면 과연 좋을까요? 진짜인 순간을 알아보지도, 귀하게 느낄 수도 없지 않을까요.

마음을 두었다가도 곧잘 다른 곳으로 눈길이 잘 옮겨 가기도 하는 제가 도서관을 붙들고 있는 이유는 뭘까 생각해 봅니다. 비록 깊은 생각과 고민 끝에 연 도서관은 아니지만, 그래도 내가 스스로 만든 직장이니 가볍게 여기고 싶지 않은 마음. 그리고 한 사람 한 사람 얼마나 다른지 온몸으로 느끼고 마침내 받아들일 수밖에 없는 자리에 좀 더 있으면서, 쉽게 누군가 평가하려 드는 내 마음속 오만함을… 나를 똑바로 보고 싶습니다. 어쩌면 욕심 때문인지도 모르겠습니다. 다양한 책과 사람들 속에서 더 배우고 싶은 욕심, 마음 힘을 길러 좀 더 단단한 사람이 되고 싶은 욕심. 사는 일이 아직 많이 서툴러서겠지요.

어려움을 견디고 지나온 자리를 바라보는 기분이 꽤 괜찮구나 하는 걸 조금씩 알겠습니다. 그러니 너무 깊이 생각 말고 그냥 좀 더 걸어가 보기로 합니다. 도서관 몇 해 운영한다고 타고난 제 가벼움이 그리 바뀔 것 같진 않지만, 그래도 차츰차츰 괜찮은 사람이 될 수 있기를 바라며….

가끔 제가 자리에 없는 동안 도서관이 사람들을 맞이하고 책도 빌려주며 많이 애썼습니다. 48호 소식지는 내 고마운 친구인 도서관에게 바치는 편지입니다. "고맙데이! 네 덕에 내가 산다야."

4주년 기념 특별호
베짱이 편지
48
나는 베짱이도서관입니다

또 어디가!
내 금방 댕기올게. 쪼맨만 보고 있어라이~.

여름.

"아이고 더버라~. 밖에는 떠죽는다. 도서관 들어오이 살 꺼 같네.
앗따 시원타야. 오늘 고마 퇴근하지 마뿌까?"

겨울

"아이고 추브라~. 밖에는 얼어 죽는다. 도서관 진짜 따시네.
낮에는 집에들 보일라 끄도 되겄다. 뜨신데서 배깔고
지지며 같이 책이나 보입시다!"

"이야~ 하늘색 좀 봐라. 도서관 안에만 있어가
되겄나 안되겄나."

지금은 가을이라 나는 좀 심심한 계절.
그래도 오늘처럼 혼자와서 물 마시고 쉬도 하고
책보며 뒹굴거리다 가는 아이를 만나면
종일 기분이 좋다.

오늘도 꽃이 앉았다.
사람들은 잘 모르지만 내 몸 곳곳에 핀
코딱지꽃.
하지만 나도 깨끗한 얼굴로
책들을 맞이하고 싶단 말이다.

아이들이 코를 후빌 때마다
'저 손가락은 어디로 갈까'
나도 베짱이도 숨을 죽일 수 밖에.

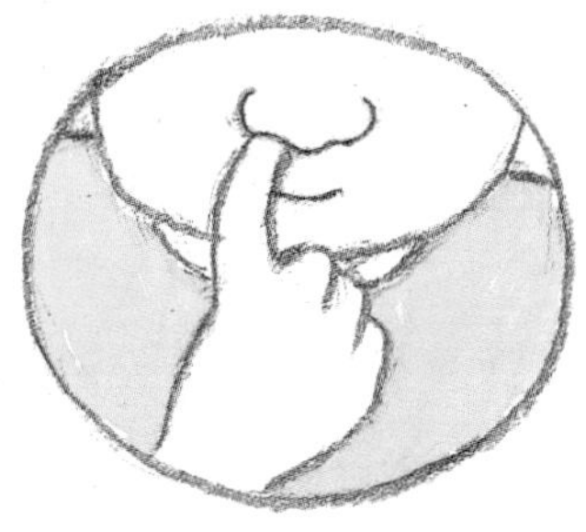

나? 새책!
샤방 샤방

"나도 저런 시절이 있었는데…."

"넌 오랫동안 사랑받고 있으면서 뭘."

"그래도 난 새 책이 부러워.
관심도 한 몸에 받지, 찾는 사람도 많지…."

"요즘 새로 도서관에 놀러오는 아이가
아무래도 이쪽에 호기심이 꽤 많은 것
같아. 난 곧 바깥구경 나갈 수 있을지도
모르겠다. 아~ 생각만 해도 설레."

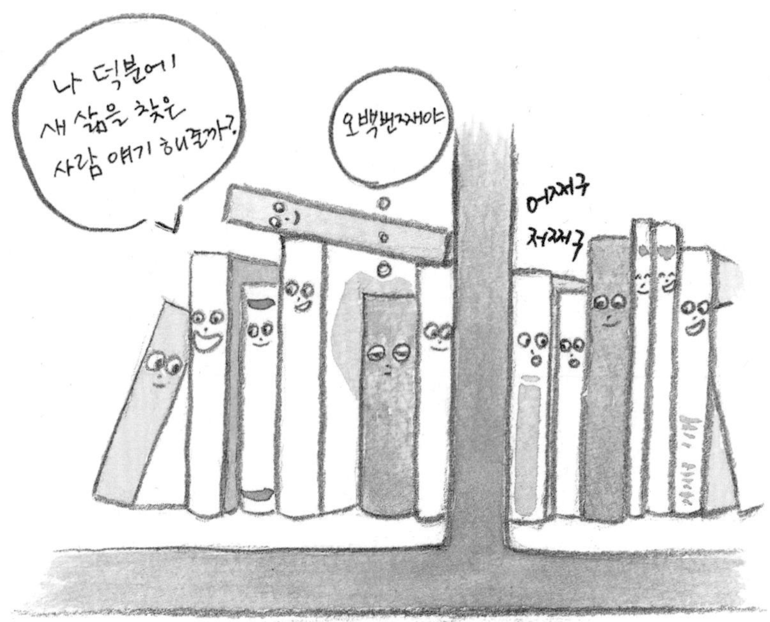
나 덕분에
새 삶을 찾은
사람 얘기 해줄까?
오백번째야
어쩌구
저쩌구

새 책이 들어온 날 밤은 늘 시끄럽다. 지난 봄, 제주 헌책방에서 온 책이 가장 수다스럽다. 안에 담긴 줄거리 만큼이나 구석구석 다니며 본 풍경, 만난 사람들 얘기를 얼마나 재밌게 하는지. 아침이 온 줄도 모르고 듣다가 사람들 오는 소리에 깜짝 놀랄 때도 있다.

어제는 느닷없이 히스테리를 부리더니

책 좀
빌리들 가이소.
쫌!

오늘은

이 책을 아직도
안봤단 말이가.
을마나 재밌는데.

이책 봤으믄
이것도 재밌을끼야.
아 맞다. 이것도~
(슬쩍 얹기)

이렇게 많이
빌려도 되는지…

개안타.
봐주께.
사설 도서관이
이런기 좋다 아이가. 앗하하하

그래,
사람과 책을 이으려는 안간힘!

아~들아(아이들아)
고만 보고 집에 가자.
느그 배 안고프나.
저녁 무야지.
자~자~.
퇴근! 퇴근!

그러다 아쉬움이 없어지면
금세 다른 태도를 보이는 베짱이. 아이구 못말려~

"드디어 썼다. 이거 쓰는데 4년이나 걸리다니‥나도 징그럽다 징그러.
인제 도서관에서 '먹는 문제'가 싹 해결이 되겄제?
사람들 잘 보이는데 크게 붙이야지. 어데가 잘 보이겠노?
여기? 여기?"

저게 누구야?
이제부턴 몸도 마음도 상쾌하게 하루하루를 지낼 수 있겠구나 싶었는데 참 베짱이는 오늘도….
그래도 아는 이 모르는 이 사이좋게 인사 건네며 함께 나눠 먹는 모습을 보면 흐뭇할 때가 있다.

아무도 모를끼다 아무도 모를끼다 아무도 모를끼다……

여기 있는 '마음의 양식'들은 더 많이 더 자주 나눠도 좋다고 크게 써 붙여 달라고 할까?

어제 오후
세시부터
네시사이에
온 사람이
……
에헤이~
또 누가 작가이름 쓰고
책 빌리갔구마.
날짜
책이름
이름
한강
언니야~
어제 혹시
OO책 빌리갔더나
휘리릭
휘리리릭
글씨체 비교!

오늘 작가로 데뷔한 사람이 누군지
나는 안다. 걱정마. 이 작가는
다음주면 책을 들고 올테니.
이래봬도 나는 몇달에 한명씩
작가가 나오는 도서관이다.

'백만년'만에 찾아온 개미친구.
나를 만나러 와주신 발걸음이 고맙고 반갑다.

일주일 뒤.

잘 까먹고 실수투성이인 베짱이.
그런 모습을 따뜻이 품어주는 개미친구들.
두 바퀴가 만나 부드럽게 굴러가는 덕분에
지금껏 내가 아름다운 풍경과 사람을 만나며
지낼 수 있는 거겠지.

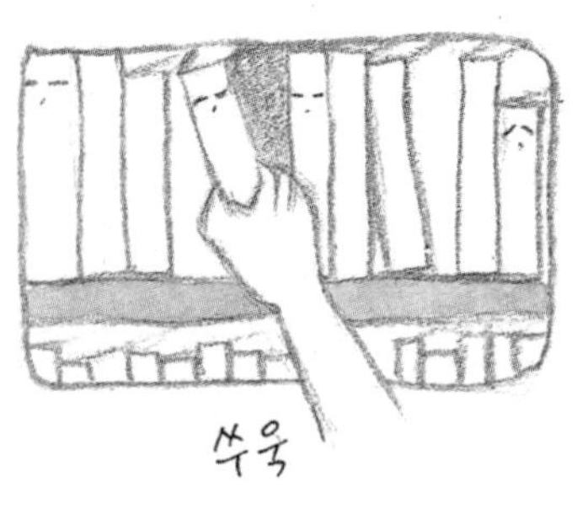

이런 책이 있었네.
재미있겠다.
빌려가야지.

제주 헌책방에서 온 책이
드디어 바깥세상으로 나갔다.
돌아오면 재미난 얘기를 또
한보따리 풀어놓겠지.

날마다 들리던 목소리가 안 들리니
잊고 있었던 소리가 그제야 들려온다.

실컷 놀다가 춥고 배고플 때면 찾아오던
고양이 은총이.

눈 한 번 마주쳤을 뿐인데…
만져줘. 만져줘.
부담
헥헥
벌러덩~

사람을 정말 좋아했던
강아지 깜실이.

옛이야기를 곧잘 들려주시던 나무 할아버지.

그리운 얼굴 그리운 소리들이 올곧 내게 해왔던 얘기들.

밤이면 혼자라고 생각했는데
사실은 낮에 만난 사람과 동물들, 내 안의 책들과
함께 있었다. 날마다 노래를 들려주는 새들과
가끔 베짱이가 묻히고 들어오는 꽃냄새, 바람냄새와도…
앞으로 나는 더 많은 사람들과 소리를 품게 되겠지.
내 몸은 여기저기 낡고 닳아 삐걱거리지만
그래도 괜찮다.
그 틈 사이사이 소중한 기억들이 채워주고 있으니.

소식지에는 그동안 이렇게 나왔다.
사람이 아니라 곤충? ㅡ.ㅡ

민머리가 보기 좀 그렇다는 의견들이 있어
머리카락을 그려봤다.
이참에 사람으로….

미용실 다녀온 날

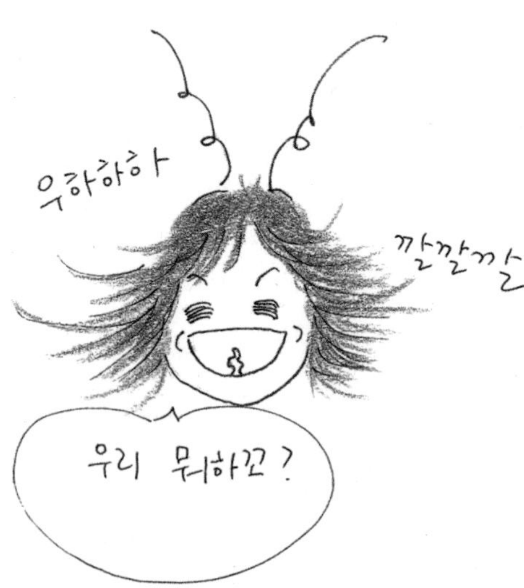

머리카락이 한 올 한 올 자유로울수록 힘이 솟는다.

베짱이편지 49

11월에 첫 눈이 오더니 벌써 몇 차례 더 눈이 내렸다.
지난해 겨울에는 눈을 눈답게 즐길 수 없었는데
올해는 좀 느긋하고 넉넉한 마음으로 내리는 눈을 바라볼 수 있어 고맙다.
일 년 사이 많은 것이 바뀌었고, 우리는 다시 일상을 살고 있다.
때때로 그리웠던… 광장에서 처음 만난 사람들과 나누었던 따뜻함.
무심한 줄 알았는데 너도 나도
소중한 씨앗 한 톨 품고 살아가고 있었구나.
몸으로 마음으로 주고 받았던 격려, 공감과 위로, 사랑…
잊지 않고, 올 한 해 내 삶터에 잘 녹여내었던가
돌아보게 되는 12월이다.

이어간다는 것

잠이 안 와 뒤척이다 일어나 일기를 씁니다. 시간은 어느새 새벽 두 시. 캄캄한 어둠속에서 더욱 밝게 빛나는 달과 별. 언제 12월이 되었을까? 벌써 한 해 마지막 달이라니, 지난해 이맘때는 촛불 집회 다니느라 정신 없이 보냈는데 올해는 좀 심심하구나 싶은…. 아닙니다. 별 일 없이 지나가는 하루하루가 주는 평온함과 고요가 얼마나 고마운 일인지요.

새해에 읽고 싶은 책을 떠올려 봅니다. 그동안 어려워서 덮어 두었던 책을 읽을 힘이 이제 좀 생겼을까요? 책 읽기도 훈련이 필요한 일인데, 어느 정도에 이르면 쉽고 어렵고를 떠나 '그냥' 읽어 내려갈 수 있는 힘이 생길 거라 믿습니다. 힘든 일이 닥쳤을 때 너무 바닥으로 내려가지 않게 나를 붙들어 줄 힘, 다시 첫걸음을 내딛을 수 있는 용기가. 쉽고 잘 이해되는 책만 읽으려 했던 나인데 그래도 한 해 더할수록 조금씩 읽는 힘이 생기긴 하는구나 싶습니다. 멈추고 자꾸 생각하게 되는 책을 읽으며 책 읽는 맛이 이런 것이구나 느끼는 순간도 가끔 있는 걸 보면요.

요사이는 도서관 책모임 시간이 무척 기다려집니다. 언젠가부터 호기심도 없이 견고해진 내 좁은 생각들이 그 짧은 책모임 두어 시간 안에 바뀌고 넓어지는 신기하고 놀라운 경험. 책을 읽으며 마음에 들어온 문장 혹은 낱말은 제각각 다르지만 그래서 혼자가 아니라 여럿이 함께 그런 재미와 기쁨을 맛보는 순간의 짜릿함은 더욱 큽니다. 책모임을 꾸려 오며 주춤거리고 힘 빠지는 순간도 물론 많았습니다. 하지만 '잘'은 아니더라도 꾸준히 이어간다는 것, 그것만으로도 허툰 시간은 아니라는… 그 안에서 배울 점은 분명히 있구나 싶은 생각이 드는 한 해입니다. '꾸준함'이나 '성실함'은 내 삶에서 별로 찾아볼 수 없는 낱말들인데 어쩌다 제가 이런 생각을…. '산만함', '주의력과 집중력이 떨어짐' 뭐 이런 거면 모를까요. 애쓰지 않고 그럭저럭 이어가기만 해도 도서관이 저를 사람 만들어 주면 좋겠다는 얄팍한 생각을 슬며시 해 봅니다.

도서관은 이제 5년차로 접어들었습니다. 누군가 '이제부터 진짜 시작'이라고 합니다. 그 말에 담긴 뜻을 헤아려 보면 틀린 말이 아니라서 정말 '헐', 이 말밖에 안 나옵니다. 그래도 쫄지 않으려고 합니다. 점 하나 찍히지 않은 따끈따끈하고 말랑한 새날들이 기다리고 있습니다. 올해는 대통령도 바꾸고 ('바뀌고'가 아닌) 그것만 해도 큰 일 했으니까요. 이만하면 당당하게 어깨 펴고 새해를 맞아도 되지 않을까요? 몸과 마음으로 애쓴 우리 모두 말입니다.

베짱이 편지 50

‘함께 가자’고 하는 마음

2018년 1월, 소식지 ‘50호’를 내며 한 해를 시작합니다. ‘쉰 달’이란 시간 동안 내가 얻으려 한 것은 무엇이었나, 지금 어디로 가고 있는가를 짚어 보지 않을 수 없습니다. 세상에서 추구하는 ‘성장’이나 ‘경쟁’, ‘속도’와는 다른 가치로 해 볼 수 있는 일을 찾은 것이 도서관이었습니다. 도서관을 운영하기 위한 전문 지식을 많이 알거나 두루 갖추진 못했지만 책을 좋아하는 마음 하나만은 뒤지지 않으리라 여기면서요. 오랜 시간 한자리에 있으며 어쩌면 내가 만나고픈 작은 세상이 이 안에 다 담겨 있지 않을까 하는 생각이 들었습니다. 사는 즐거움과 행복을 혼자서 찾고 누리기보다 서로 부대끼며 힘도 들겠지만 손잡고 토닥여 주며 ‘함께 가자’고 하는 마음, 서로 안에 담긴 좋은 것들을 끄집어내어 주는 수고로움을 기꺼이 하려는 태도를 보면서 누구나 가슴 속에 ‘이루고픈 작은 세상’이 있구나를 느낍니다. 거울에 비치는 내 모습 혹은 책 속 먼 얘기가 아닌,

곁에 가까이 있는 사람들 얼굴, 해사한 웃음과 눈동자 속에 담긴 희망을 읽습니다.

도서관 5년차, 이제는 한 발자국 떨어져 내가 있는 곳과 일을 바라보고 사람을 만나야겠다는 생각이 듭니다. 뭐든 마음과 지나치게 가까우면 좋지 않다는 걸 깨닫습니다. 마음을 다하는 것과 마음과 너무 닿아 있는 건 다른 문제입니다. 올해는 도서관에서 쓸데없이 흩어지는 힘과 품을 어떻게 줄일 수 있을까, 이웃과 더불어 새로이 해 볼 수 있는 노력은 어떤 것이 있을까 떠올려 봅니다.

달마다 적지 않은 돈을 월세와 관리비로 써야 하는 틀에 대해 조금 고민이 있습니다. 앞선 두려움이라기보다 해마다 재계약을 하며 언제까지나 지금처럼 있을 순 없으므로 다른 길이 있다면 미리 생각해 두는 게 좋지 않을까 합니다. 개미 친구님들도 좋은 의견 있으면 말씀해 주세요. 저도 괜찮은 생각이 떠오르면 친구님들께 가장 먼저 여쭐게요.

소식지 '50호'란 특별한 숫자를 맞아 이런저런 생각들이 듭니다만, 1월은 어쨌거나 새로움을 찾고 두근거릴 수 있는 달이라 좋습니다. 말 한마디에 상처 받고 때론 지난 내 모습이 실망스러워 긴 밤을 지새우기도 합니다만, 우리는 처음처럼 언제나 새날을 시작할 수 있다는 신영복 선생님 말씀을 마음에 새기며 기쁜 마음으로 한 해를 엽니다.

"처음처럼 – 처음으로 하늘을 만나는 어린 새처럼, 처음으로 땅을 밟는 새싹처럼 우리는 하루가 저무는 저녁 무렵에도 마치 아침처럼, 새봄처럼 그리고 처음처럼 언제나 새날을 시작하고 있다."

－신영복, 『냇물아 흘러흘러 어디로 가니』

첫 하루

새날 첫 하루, 이반 일리치의 『누가 나를 쓸모없게 만드는가』를 읽고 씁니다.

"경제성장의 그림자가 드리워지는 곳 어디서든, 직장에 다니지 않거나 소비를 하지 않는 사람은 쓸모없는 인간으로 취급된다.… 우리는 자기 안의 재능을 볼 수 있는 눈을 잃었고, 그 재능을 발휘하도록 환경조건을 조절할 힘을 빼앗겼고, 외부의 도전과 내부의 불안을 이겨낼 자신감을 상실했다."

자본주의 사회가 중요하게 생각하는 가치로 보면 저는 '쓸모없는' 인간입니다. '쓸데없는' 일에 시간을 쓰고 있다는 시선과 때론 과하게 포장하여 저를 바라보는 시선 둘 다 불편하긴 마찬가지입니다. 저는 '쓸모 있는' 인간으로 살고 싶어 도서관 일을 합니다. 무엇보다 제 삶에 충실하고 싶습니다. '쓸모 있음'의 기준은 스스로 세우는 것입니다.

> "현대화가 일으키는 결과들, 즉 자율은 무너지고, 기쁨은 사그라지고, 경험은 같아지고, 욕구는 좌절되는 과정."

예전보다 훨씬 더 넓고 빠르게 타인과 연결되는 세상. 날마다 얻는 정보도 많고 주고받는 이야기도 늘어났지만 그럴수록 더 공허합니다. 저는 오롯이 제 시간의 주인이 되고 싶습니다. 그러려면 좀 덜 소통하고, 사람이든 사물이든 어떤 대상이든지 깊게 만나야겠지요. 고요한 시간을 많이 만들고 싶습니다. 사람을 덜 만나고 나무를 더 자주 만나야지 생각합니다. 마음이 어지러울 때는 어김없이 나무를 보지 않던 때였습니다.

> "산업사회로 인해 사람들이 어려움에 맞서고, 놀고, 먹고, 우정과 사랑을 나눌 수 있었던 기본 토대가 셀 수 없이 허물어졌다."

저와 제 이웃들이 도서관에서 힘을 얻고 행복을 느끼며 살아갈 수 있는 이유가 바로 도서관이 이런 토대가 되어 주기 때문이 아닐까요.

도서관이 생기고, 오가는 마음들이 쌓이는 과정은 매우 자연스러웠습니다. 그렇기에 우리들 마음속에 꿈틀대는 자연스러운 본능, 가장 단순

한 마음들이 바깥으로 쉽게 나올 수 있지 않았을까요. 무슨 일을 해 나갈 때 좀 부족하고 실수하고 서툰 모습이라도 그런 자연스러움이 곳곳에서 배어 나오기에 더 좋지 않았을까요. 힘들어도 참아야 하고, 나를 다그치며 보여 줘야 하고, 해내고 달려가야 하는 그런 세상과 다르기 때문이 아닐까요. 함께 그려 가야 할 일이 있을 때마다 '무엇을 위함인가'를 늘 생각합니다. 그것을 이루는 과정이 쉽지 않더라도 어려움을 나누는 그 순간으로 인해 기쁘고 고맙고 서로 가득할 수 있음을 알기 때문입니다.

도서관에서 이런 새로움들에 눈뜨고 싶습니다. 내 소중한 시간을 쓰는 이곳에서 세상에서와 비슷한 틀로 생각하고 일하고 사람을 만나고 싶지 않은 분명한 이유입니다.

벼리짱이편지 51
책을 덮고 바깥으로 나간다.
가장 높은 가지 맨 끝에 꼭 앉는 새.
멀리 내다보며 바람을 느끼는 낯이 퍽 여유롭다.
새도 마음이 있구나.
잎을 떨군 채 구불구불 선이 그대로 드러난 겨울나무는
하나하나 그 얼마나 아름다운 세상인가.
언제든지 책 밖에 더 크고 참된 세상이 있다.
도서관 마당에
우뚝 선 은행나무.

『윤미네 집』

1월에 읽은 책 중에 가장 좋았던 책은 사진책 『윤미네 집』입니다. 아버지인 사진가 전몽각 님이 첫째 딸 윤미가 태어나서 시집가던 날까지 찍은 사진들이 담겨 있고, 뒤에 덧붙여서 전몽각 님 아내 사진들도 있습니다. 아이들과 아내와 함께 지낸 오랜 시간들을 담담히 그리고 꾸준히 기록한 사진들을 보면서, 제 안에서 자꾸만 뭔가가 올라왔습니다. 그것은 '그리움'이 아니었을까 합니다.

요즘에는 사진이 너무 흔합니다. 보고 느끼기도 전에 사진기 셔터부터 누를 때가 많습니다. 마음에 안 들면 삭제 버튼을 누르면 그만이니, 아무렇게나 찍고 다시 보지 않을 때도 많구요. 사진을 정성껏 찍고 한 장 한 장 뽑아 앨범에 끼운 뒤 그 옆에 짤막한 글을 적어 두고 보던 옛날 사진첩이 그립습니다.

특별한 순간 자세 잡고 찍는 사진이 아닌, 자연스러운 생활 사진을 찍어야겠다 생각합니다. 살면서 정말 돌아보고픈 순간들은 특별한 때라기보다 함께 웃고 서로 눈 맞추며 이야기 나눈 사소한 일상일 것입니다.

『윤미네 집』을 보면서 제가 느낀 '그리움'은 고향에서 식구들과 하하 호호 지내던 어린 시절이기도 하지만, 「My wife」 속 아내처럼 언젠가 훌쩍 나이 든 제가 지금의 저를 바라볼 때의 마음이었다고 할까요. 눈만 마주치면 깔깔거리는 두 녀석들과 엉켜 시끄럽게 웃고 떠들며 지낸 시간, 도서관 운영하며 지새운 하얀 밤들, 마음먹으면 언제든 달려가 만날 수 있는 사랑하는 부모님이 살아 계신 것…. 이제 마흔 넘어 세상 알 만한 것쯤 다 안다고 폼 잡았지만, 실은 여전히 철없고도 참 젊은 지금 이 시간들이 얼마나 그리울까 생각하니 저도 모르게 사무쳐 올라왔나 봅니다.

자리를 지켜 온 보람

겨울과 봄을 이어주는 달, 2월입니다. 추운 날씨에 감기는 안 걸리고 잘 지내시는지요? 저는 기침으로 조금 고생하고 있습니다. 그러다 보니 도서관에도 느즈막이 나가거나 어쩌다 몸이 영 무거우면 못 나가는 날도 생기네요. 요사이 자꾸만 몸이 힘들다고 하는 걸 보니 저도 모르게 어딘가 욕심을 부렸는지도 모르겠습니다.

> 몸과 마음이 어긋날 때가 있는데 그건 욕심(마음) 탓 같아요. 몸은 욕심내지 않아요. 마음을 따라가면 몸이 지치지만 몸을 따라가면 마음도 편해집니다. 마음대로 살지 말고 몸대로 살아갑시다. 마음이란 것 허황한 때가 제법 많아요. 믿을 게 못 됩니다. 몸은 함부로 나대지 않지요.
>
> —전우익, 『사람이 뭔데』

제가 도서관에 없는 날에도 사람들은 모여서 운동을 하고, 책을 빌려 갑니다. 시간이 쌓여서 그런 걸까요? 아이들 방학 즈음에는 도서관이 평소보다 훨씬 한갓진 편인데, 이번 겨울에는 제법 이웃들 발길이 잦습니다. 그중에는 "한동안 책을 안 읽었는데 다시 보니 참 좋아요. 계속 읽게 되네요."라고 하시며 늘 책을 빌려 가는 개미 친구님이 있습니다. 몇 해 쭉 후원만 하다가 요즘 들어 자주 오시는데 그래서인지 뵐 때마다 더욱 반갑습니다. "이 책이 있었네요. 혹시나 물어본 건데…. 잘됐다! 빌려 갈게요."하는 마을 어르신, "앗, 이거 새로 들어온 거죠? 제가 이 책 시리즈 애독자거든요. 하하."라며 행복한 얼굴로 책을 가슴에 안아 보는 아이, "아이가 재밌어서 네 번이나 읽었다는데 도서관에서 혹시 이 책을 살 순 없나요?"라고 물어보는 이웃님…. 이런 이야기를 들으면 들썩거리는 엉덩이를 붙들어 매며 자리를 지켜 온 보람을 느낍니다. 책을 좋아하는 누군가와 함께 바깥세상으로 당당히 나가는 책들의 그 들뜬 표정이란!

도서관이 너무 '수다 공간'으로 쓰이지 않나 하는 고민을 한동안 했는데, 언젠가부터 그런 걱정을 자연스레 덜 하게 되었습니다. 차츰차츰 도서관으로 자리를 잡아갈수록 마음 한편으로 '이제 내 마음대로 그만두기는 틀렸구나.' 싶은 생각이 스치기도 합니다만…. 지난 일요일에는 도서관에서 전시하고 있는 큰나무학교 아이들 북아트를 보러 여러 학부모님이 오셨습니다. 작품을 다 보고도 도서관 곳곳에 놓인 책을 보느라 한참 동안 일어날 줄 모르는 아이와 부모님들을 보며 마음에 잔잔한 물결이 일었습니다. 언제 어느 때고 찾아올지 모를 이런 작은 기쁨들을 놓치지 않으려면 아프지 말고 힘을 내어 부지런해야겠습니다. 개미 친구님들도 건강한 2월 보내세요.

베짱이 편지 52

이거는 형아께
보고 그렸고 이거는
제가 그냥 그렸어요.
50원에서 300원에
그림 팔 거예요.

오랫만에 듣는 '50원'이 낯설다. ㅎ
지금 도서관에서 전시 중인 학유의 재미난 그림들.
게다가 꿈이 '그림작가'라니!
여기서 아이들이 생애 첫 전시회를 열 때마다 무척 기쁘다.
누군가의 '처음'을 응원할 수 있다니. 이런 영광이 어디 있을까?
특별히 하는 일 없이 아까운 월세만 축내고 있는 게 아닌가
싶은 생각이 가끔 들 때가 있다.
함께 만나고 느끼고 누릴 공간이 있는 것만으로도 좋지 않을까…
첫 개인전을 하러 온 아이의 들뜬 얼굴을 떠올리며
용기를 가져본다. 아자!

지키는 일

베짱이도서관 다섯 번째 봄을 맞습니다. 3월 들어 몇 차례 내린 반가운 봄비로 마음도 활짝 기지개를 켭니다.

지난 달 소식지에 주말 지킴이 하실 분을 구한다고 알렸더니 한 분이 손을 들었습니다. 하겠다고 먼저 연락 주시고 시간 내어 주셔서 고맙습니다. 그동안 왜 이 생각을 못했을까 헤아려 봤더니 누군가에게 부탁하는 건 왠지 부담을 주는 일인 듯해서 제가 하는 게 맞지 않을까 하는 마음, 그러다 보니 주말까지 나와야 하는 일에 부담을 느껴 그랬던 것 같습니다. 개미 친구님 누구라도 올 수 있고, 오고 싶은 요일과 시간을 정해서 알려 주시면 그 날 그 시간에 여는 것, 매주 딱 정해 놓고 하는 것보다 자유로운 베짱이도서관과 참 잘 어울리는 방법이지 않습니까?

도서관을 운영하며 가장 힘들다고 말할 수 있는 일은 아무래도 '지키는 일'입니다. 때론 몸이 아프고 고되고 귀찮고, 아이들이 집에 가자고 보채어도 선뜻 갈 수 없는 상황일 때가 많습니다. 오늘은 아무도 안 오나 보다 싶어 자리를 정리하고 일어서면 갑자기 몇 분이 한꺼번에 오시기도 하고, 사정이 있어 문을 늦게 열거나 일찍 닫을 때 도서관에 처음 오신 분이 헛걸음했다는 얘기를 들으면 미안하고, 그 분이 그래도 다음에 다시 찾아오시면 고맙습니다.

도서관에서 가장 중요한 일 또한 '지키는 일'입니다. 변함없이 문을 열고 무언가를 나누는 하루. 사소하지만 힘들고 수고롭고 애쓰고 고맙고 기쁘고 즐겁고 한 모든 일들은 특별한 날 반짝 일어나는 일이 아니라, 어제와 비슷한 오늘 하루를 꾸준히 이어나가는 일상 속에서 만날 수 있습니다. 때론 아무도 오지 않고 어떤 일도 일어날 것 같지 않은 심심하고 지루하고 단조로운 시간을 잘 견디는 일이 어쩌면 도서관에서 가장 밑바탕이 되는 일인지도 모르겠습니다.

시간을 내주신 개미 친구님에게 그 날이 오롯이 도서관을 흠뻑 느낄 수 있는 날이 되길 바랍니다. 손님으로서가 아닌, 도서관의 주인이 되어 책과 더 가깝게 만나고 도서관에 오는 마을 이웃들과 반갑게 인사 나누는 시간이 되기를요.

책을 나누는 일 외에 어떻게 하면 이 공간을 잘 나눌 수 있을까 하는 고민이 슬슬 듭니다. 저처럼 놀기 좋아하는 사람에게 어쩌다 이런 마음이 생기는지 어색합니다만, 저보다 생각 깊고 성숙한 도서관이 제게 주는 배움이라면 이 또한 받아들여야 하나 싶은 생각이… 하하.

책방 폐업기

책방 폐업기 두 권을 읽었습니다. 저도 모르게 자꾸만 저를 대입하면서 읽게 되었는데, '나는 이 분들보다 못했으면 못했지…'라는 생각이 내내 들었습니다. 아마 채 일 년도 안 되어 망하지 않았을까요? 몇 년 사이 책방이 많이 생겼고 지금도 늘고 있습니다. SNS 상으로는 다 좋아 보이고 낭만과 여유가 흐르는 삶처럼 보일지 모르겠지만, 책방 역시 누군가의 생계가 걸린 상업 공간임을 다시 한 번 깨닫습니다. 시간에 대한 책임 또한 홀로 짊어져야 하구요. 저는 솔직히 책방에 대한 낭만은 별로 없습니다. 그보다는 현실이 어떠할지 눈에 선하게 그려집니다. 마음속으로 아담한 동네 책방을 떠올리며 '나도 언젠가는…'이란 마음을 품고 있기는 하지만, 그다지 자신은 없습니다. 특히 제가 돈 개념이 남다르게 부족한 걸 알기 때문에 꾸준히 수익을 내야 한다는 점에서 더욱 그렇습니다.

솔직하게 써 내려간 책 두 권 『한숨의 기술』과 『오늘, 책방을 닫았습니다』를 읽으며 든 생각, '잘 잇지 못하고 문을 닫게 되면 실패한 걸까?' 그건 아닐 것입니다. 누구에게 기대지 않고 모든 것을 홀로 짓고 만들고 결정해 본 경험, 낯선 사람들과 대가 없이 주고받은 마음들은 살면서 두고두고 소중한 자산이 될 것입니다. 『오늘, 책방을 닫았습니다』 표지에 있는 "넘어진 듯 보여도 천천히 걸어가는 중"이라는 문구가 마음에 오래 머뭅니다. 시작이 있으면 언젠가는 끝이 있는 법. 베짱이도서관도 그렇겠지요. 끝이 마지막이 아닌 또 다른 시작이 되려면 있는 동안 후회 없이 살아봐야지 싶습니다. "뜨겁고 치열하게!"라고 하기에는 제가 너무 게으른가 싶지만요.

임소라, 송은정 두 분에게 그동안 많이 애썼다고, 아쉽게도 책방 문을 닫게 되었지만 앞으로 당신 삶은 더욱 깊어질 거라고 말해 주고 싶습니다. 그러면서도 허전한 마음이 드는 건 왜일까요. 두 권을 다 읽은 날 밤엔 술 생각이 났습니다. 마치 제가 앞서 그런 경험을 해 본 것처럼 심란했습니다. '돈 안 되는 일'인 줄 뻔히 알면서도 뛰어드는 사람들은 으레 큰 걸 바라는 사람들이 아닙니다. 처음 품었던 마음은 그대로 가져갈 수 없더라도 작은 불씨마저 꺼지게 만드는 사회 환경이 아쉽습니다. 저도 언젠가 도서관 폐관기를 쓰게 될까요? 그렇게 된다면 그 과정이 고스란히 소식지에 담기겠지요. 아마 시원함보다 섭섭한 마음이 훨씬 클 것입니다. 그래도 하루하루 '그 날'을 살았다는 점에선 제 인생에서 가장 빛나는 날들로 기억되리라 믿습니다.

베짱이 편지 53

책을 '그냥' 즐기는 아이들이
부러울 때가 있다.
뭘 해도 괜히 미안한 마음이
드는 4월.
책을 읽는 일은 누군가의 아픔,
한사람의 가슴에 더욱
다가가는 일이다.
책만 읽고 있는 내가
부끄러워지는
4월의 봄.

도서관 마당에 감자를 심으려고 땡볕에서 땅을 파고 있으니
아이들이 다가왔다. "함 해볼래?" 하며 슬쩍 삽을 쥐어줬다.
마침 한낮 기온이 5월처럼 올라갔다던 날.
쉬면서 하래도 말 안 듣고
씩씩하게 해쌌더니
한참 일하다 말고
"아이고~" 하며
차가운 돌을 향해 달려간다.
여름같이 더운 날,
아이들 덕에
손쉽게 일했다.
"얘들아 내년에도
좀..." ㅎㅎ

도서관 권리 선언

『우리 가족 인권 선언』이란 책을 들였습니다. 책을 읽으면서 '도서관 권리 선언'을 지어 봐도 재밌겠다는 생각을 하다가 용인 느티나무도서관 '서비스 헌장'이 자연스레 떠올랐습니다. 처음 읽을 때 참 신선하다 싶었는데 다시 봐도 좋네요. 저는 다른 문구도 다 마음에 들지만 '이용자를 왕처럼 모시지 않고 파트너로 삼아 수고로운 일거리를 기꺼이 나누겠다', '규제 대신 자발적인 존중과 배려를 규칙으로 하겠다', '하지 못하는 것에 대해 분명하게 알리겠다'는 점이 더욱 와닿습니다.

이웃들이 반납하는 책을 제가 다 꽂기보다 우리 도서관에서는 어떻게 꽂는지 오시는 분들에게 알려 드리고 직접 하게 하는 이유는 귀찮아서가 아닙니다. 이용하는 분들이 일방적으로 받기보다, 도서관을 가꾸고 이루어 나가는 데 도움이 될 때 더 기쁨을 느끼는구나 싶은 순간이 많았기 때문입니다. 책을 제자리에 꽂다 보면 옆에 있는 좋은 책을 발견하는 재미를 느낄 수도 있겠지요. 비슷한 이유로 책을 누군가에게 추천하는 일은 여전히 망설여지는 어려운 일입니다. 실패하더라도 직접 골랐을 때 느끼고 배우고 얻을 수 있는 점은 분명 다를 거라 생각합니다.

좀 더 많은 사람들이 쉽게 올 수 있도록 실용적인 강의나 행사를 해 보는 건 어떠냐는 질문을 받을 때가 있습니다. 하지만 여기는 문화 센터가 아니라 도서관이므로 저는 도서관이 지향하는 가치를 담은 일을 하고 싶습니다. '하고 싶은 일을, 하고 싶을 때 할 수 있는 권리'라고 표현할 수 있을까요? 그래서 가끔은 '문턱이 높다'는 분들도 계십니다만, 도서관이 갖고 있는 빛깔을 포기하면서까지 해야 할 만큼 대단히 중요한 일은 없다고 생각합니다. 누구나 만족하는 도서관이 되어야지 하는 마음은 시작부터 없었고 지금도 그렇습니다. 하지만 나와 다른 생각을 가진 사람을 대하는 자세는 끊임없이 고민하고 돌아봐야 할 태도임을 알아갑니다. 나와 다른 사람을 어떻게 마주하는가는 내가 나와 어떻게 만나고 있는가, 나는 세상과 어떻게 연결되고 싶은가 와도 같은 물음입니다.

봄이 왔지만 미세먼지 때문에 힘든 날이 많습니다. 그래도 마음에 봄바람이 부니 뭐라도 자꾸 하고 싶어지네요. 요즘 통 기운이 없어 아무것도 안하고 쉬고 싶은 마음이다가도 아이들 노랫소리가 듣고 싶고, 이웃들과 함께 책도 읽고 싶고, 초대하고픈 작가님 전화번호를 열었다 닫았다 하며 하루에도 몇 번씩 '할까, 말까?' 고민합니다. 행사를 하고 안하고 문제가 아니라, 여기에 꼭 필요한 일인지 거듭 생각하고 같이 이야기 나누는 시간이야말로 진짜 중요한 과정이겠지요. 도서관에 알맞춤한 행사를 잘해서 이웃들과 한바탕 신나게 얼크러지고 나면 왠지 기운이 불끈 솟을 것 같습니다만.

(야 느그 비싼 소나무에는 만다꼬 올라갔노.
주인아저씨 알믄 난리난다 퍼뜩 내리온나.
내 쓰레빠는 만다꼬 신고갔노. 여 딱 갖다놔라이.
고춧대는 오데서 꺼내가 천지로 널어놨노.
짜슥들아 말 쫌 들어라. 어이?)

겨우내 아이들하고 도서관 안에서만 복닥거렸는데
오랜만에 바깥에서 목청껏 소리를 질러본다.
봄이다.

'베짱이 책놀이터'
이 날, 솜사탕을 무려 64개나 팔았다.

베짱이편지 54

두 해 만에 '책놀이터'를 했다. 도서관에서 왜 솜사탕을 팔고 장터를 열고 과자따먹기를 하나 싶겠지만 나는 그저 아이들이 베짱이 도서관을 떠올리면 재미난 곳, 가고 싶은 곳으로 생각해 주길 바랐다. 도서관 와서 놀다 보면 들어와 물도 마시고, 그러다 보면 책도 읽겠지 싶어서.

얼마 전에 도서관 가까이 사는 이웃이 아이랑 놀러 왔다. 올 때마다 늘 엄마 옆에 꼭 붙어 있는 아이가 이날은 어쩐 일인지 "엄마~ 나갔다 와. 책 보고 있을게." 한다. "책놀이터 와 보더니 도서관이 좋아졌나 봐요. 자꾸 도서관 가자 그러고 이렇게 혼자 있을 수 있다고도 하네요."라고 말하는 엄마.

나는 속으로 '만세!' 했다. 내가 바라는 건 이런 거다. 단 한 명의 아이라도.

내가 있는 곳이 누군가의 꿈일 수도 있다니

"도서관 말고 카페 같은 걸 해봐요."라고 한 부동산 중개업자가 말했다. "그런 건 돈 벌 수 있잖아." 하지만 그럴 수 없었다. 내가 만들고 싶은 건 그저 도서관이었다. 학창 시절의 나처럼 가진 거라곤 시간뿐인 아이들이 책을 마음껏 볼 수 있는 곳을 만들고 싶었다.

– 김보통, 『아직 불행하지 않습니다』

만화가 김보통 님 글을 읽습니다. 대기업을 박차고 나온 보통 님 꿈은 뜻밖에도 도서관을 짓는 것이라는 이야기가 담겨 있습니다. 문헌정보학과를 나와 사서 자격증까지 있는 그가 그 마음을 왜 접게 되었는지도요. 도서관을 열려고 보통 님이 하려 한 방식들을 보며 그때의 제가 떠오르기도 했습니다. 현실은 아무것도 모른 채 오직 해맑기만 했던 점은 비슷하구나 싶어 웃음도 났습니다.

우리 도서관만 하더라도 월세와 관리비를 비롯해 한 해에 들어가는 비용이 천만 원 가까이 되는 셈입니다. 그동안 어떻게 유지해 왔나 신기할 정도로 꽤 많은 금액이지요. 도서관 한쪽 방에 입주해 조금씩 월세를 나눠 내는 이웃들, 지금껏 후원해 주는 개미 친구들이 없었다면 진작 끝났을 일입니다. 지난해부터는 월세가 올라 후원금으로 세를 내고 책도 사려면 마음이 조금 부담스럽습니다. 도서관에서 책 사는 일을 이렇게 망설여야 하나 싶어 얼마 전에는 도서관 등록을 해 보려고 알아보았습니다. "도서관 등록을 하려면 어떻게 해야 하나요?" 묻는 제 말에 "혹시 지원 바라고 하는 거라면 안 하는 게 나아요."라고 딱 잘라 말하는 시 직원. 교회나 아파트에서 운영하는 작은 도서관들이 제법 되고, 한정된 예산을 따내려면 내야 할 서류도 많고 경쟁이 매우 치열한가 봅니다.

지원 받아 한꺼번에 책을 사기보다 후원금으로 한 권 한 권 신경 써서 들이는 일은 기쁘고 소중한 일입니다. 하지만 아무래도 책 순환이 빨리 이루어지진 않습니다. 그런데도 와서 알차게 책을 빌려가고 꾸준히 후원해 주는 개미 친구님들이 고맙습니다. 알고 보면 쓸데없거나 엉뚱한 곳에 쓰이는 예산이 많을 텐데, 그런 돈을 그러모아 도서관들이 책이라도 좀 살 수 있게 해 주면 좋을 텐데요….

"도서관? 도오서-관?"

"왜 그걸 자네가 하겠다는 거지?"

"자네 회사 좋은 데 다니지 않았나? 왜 그만뒀지?"

"실수한 것 같아."

"왜 굳이 길이 아닌 길을…"

– 김보통, 『아직 불행하지 않습니다』

힘을 얻고 싶어 찾아간 학과 교수가 그에게 해 준 말을 보면서 안타까운 마음이 들었다가, 지금 제 앞에 주어진 현실을 헤아려 보기도 했습니다. 그러면서 보통 님이 바라는 도서관은 어쩌면 이런 도서관이 아닐까 하는 생각이 들었습니다. 내가 있는 곳이 누군가의 꿈일 수도 있다니… 새삼 '귀하구나' 여깁니다. 만만치 않구나 싶은 순간은 있지만 길이 아닌 길이라고 생각한 적은 한 번도 없습니다. 지금은 만화가로서 탄탄한 삶을 살고 있지만 언젠가 멋진 도서관을 꾸릴 김보통 님 모습을 기대해 봅니다.

만화가 김수박 〈아재라서〉 북콘서트 때 노래를 부른 친구들. 책 속에 나온 '희망사항'이란 노래를 '현실사항'으로 가사를 바꾸어 불렀다. 희망사항 커플이 결혼해서 15년 되었을 즈음을 상상하며. 어떻게 하면 더 재미나게 표현할 수 있을까 궁리하며 '아재와 아내' 역할을 멋지게 해 준 친구들 속에 실은 요런 캐릭터가 숨어있지 않을까?

베짱이 편지 55

도서관에 귀한 손님이 오실 때 어떻게 맞아드리면 좋을까
함께 생각하고, 그 상상을 현실로 펼치는 과정은 즐겁다.
행사를 앞두면 밤잠을 설치고 긴장이 되지만
차츰차츰 내 몸도 자연스러워짐을 느낀다.
많은 이야기가 쌓인 도서관 공간이 주는 포근함과 더불어
환한 웃음으로 사람을 반기고 따뜻하게 안아주는
이웃들 마음덕이다.

작가와의 만남

『라이카는 말했다』, 『별이 되고 싶어』 등 재미와 의미를 담은 그림책을 만든 이민희 작가님과 베짱이도서관 인기 대출 만화책 『불편하고 행복하게』, 『마당씨의 식탁』 등을 내신 홍연식 작가님 부부가 강의를 해 주셨습니다. 그동안 내신 책 이야기를 듣고, 함께 한 컷 만화로 일기를 그려 보는 시간도 가졌습니다.

날이 더워도 바깥보다는 늘 서늘한 도서관인지라 괜찮을 줄 알았는데, 어제는 오신 분들 열기에 처음으로 에어컨을 튼 하루였습니다. 홍연식 작가님과 이민희 작가님은 그동안 서로 아이들을 봐 주며 따로 강의를 다녔고, 부부가 함께 초대 받은 경우는 이번이 처음이라고 하셨습니다. 아이들이 배제되지 않고 식구가 함께 앉아 살아온 이야기를 하는 모습이 참 좋았습니다. 한창 강의에 열중인 아버지 바짓가랑이를 붙들고 마이크를 뺏으려는 아이를 너그럽게 바라봐 주시는 이웃님들 마음을 느낄 수 있어서 더욱.

도서관에서 작가님들을 모시면 오는 분들께 참가비를 받습니다. 그래서 평소 모아둔 후원금에 이웃들에게 받은 참가비를 보태어 작가님께 강의료로 드립니다. '작가와의 만남'을 할 때마다 '도시에서처럼 무료로 듣거나 배울 수 있는 곳이 넘친다면 강의료를 내어가며 들으러 올까?' 하는 생각을 가끔 해 봅니다. 아무래도 훨씬 적겠지요.

저는 지금껏 해 온 방식이 좋습니다. 도서관 입장에서 보자면, 참가비를 내고 오는 분들은 대개 작가님 책과 삶에 관심이 있는 분들이니 깊이 있는 이야기를 나눌 수 있어 좋구나 여깁니다. '들어도 그만 안 들어도 그만'인 가벼운 마음이 아니라, 그래도 약간의 책임감을 갖고 오는 마음이라면 배우고 알아가는 것도 다르지 않을까 싶기도 하구요. 어떤 지원금 없이 모두 후원금으로 쓰니 행사를 잡을 때마다 '도서관에 꼭 필요한 일인가?' 여러 번 고민하고 그만큼 알차게 준비하게 됩니다. 작가님이 오시기 앞서 함께 책 읽고 이야기 나누며 생각을 넓히고 자연스레 질문을 떠올려보는 일도 무척 소중한 과정입니다. 하고 싶은 때 하고 싶은 일을 하니 충분한 시간을 갖고 준비하는 과정을 거치고, 그래서인지 사이사이 얻게 되는 작은 깨달음들은 훨씬 '소화 흡수'가 잘 되는 것 같습니다. 요즘 들어 새록새록, 외부 지원 없이도 여태 큰 무리 없이 뜻을 잘 펼칠 수 있었음이 고맙습니다.

지난달 다녀가신 김수박 작가님에 이어 어제 멀리서 귀한 걸음해 주신 홍연식 작가님과 이민희 작가님 그리고 바쁜 와중에도 아이들에게 줄 선물을 한아름 안고 달려와 준 남동윤 작가님을 떠올립니다. 만남과 헤어짐이 별 일 아닌 세상에서 이처럼 작은 고리 하나로도 단단하게 맺어지고 연결되는 인연이 신기하고 고맙습니다. 돌아보면 도서관에서 가장 힘들었던 이유도 사람이고, 가장 행복했던 이유도 사람이었습니다. 도서관에 있는 수많은 책 속에 담긴 이야기들도 소중하지만, 이곳에서 마주하는 마음과 이야기, 그 '진짜'들이야말로 참 값진 것이구나 깨닫는 요즘입니다.

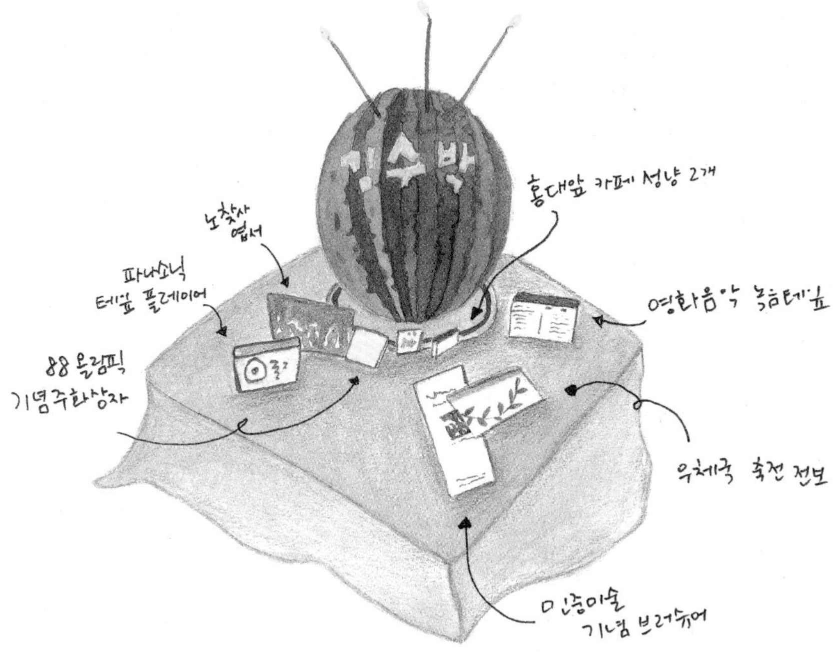

→90년대 고등학교 시절 이야기이다.

만화가 김수박 <아재라서> 북콘서트 때 작가님을 위한 깜짝 환영식

"아 맞다. 내 수박! 내 수박 갖고 가야지."

콘서트 마치고 상주로 내려가는 작가님에게
그 이름 고이 새긴 수박을 가슴에 안겨드리며
왠지 모를 뿌듯함이 밀려왔다.
'하기사, 작가님이 이런 거 어디가서 받아보겠노.'

'어떻게 하면 누군가를 기쁘게 해줄 수 있을까?'는 생각을 도서관 친구들과 참 많이 한다. 오직 즐거워서, 즐거우려고 하는 일들. 덕분에 함께 웃는 일이 늘어나서 좋다… 만, 처음엔 다들 눈물도 흘리고 그러더니 요샌 웬만한 거엔 놀라지도 않는다. 췻.

두 달 연속 출
김인정
'죽음 준비교육 - 웰빙? 웰다잉?
아니 난 웰라이프!' 강의를 노래와 그림책으로
열었다.
오늘은
도서관 행사 공식 사회자가 아닌
'강사' 양경란.

베짱이 편지 56

언젠가 '죽음'이란 주제로 도서관에서 한달동안
책모임을 한 적 있다. 그 때 읽었던 책을 바탕으로
꾸준히 관심을 갖고 공부를 이어간 양경란님이 이웃들 앞에서
'죽음 준비교육'에 관해 강의를 열었다. 첫발을 뗀 언니를 바라보는
이웃들 따뜻한 눈빛과 공기 속에 담긴 응원의 마음들이
참 뭉클했다.
'마당'이 있는 건 참 좋은 것 같다. 도서관이 새 둥지를
잘 찾을 수 있을지 모르겠지만 마을 어디에서든
이 마당은 계속 이어나갈 수 있기를.

도서관의 시간들

도서관 건물 주인 사정으로 이곳에서 도서관을 올해까지 하게 되었습니다. 주인과 그렇게 얘기는 되었지만, 12월에 이사 나가기는 무척 추울 것 같아 10월이나 늦어도 11월까지는 마무리해야 될 듯싶습니다.

도서관 자리를 비워달라는 통보를 받은 건 한 달이 다 되어 갑니다. 처음 얘기를 들었을 땐 덜컥 걱정이 앞섰습니다. 마당이 넓어 주차하기 좋고, 아이들 안전하게 뛰어놀 곳 많으며, 둘레에 집이 없어 조금 시끌벅적한 행사를 해도 괜찮은 곳이 여기 말고 또 있을까 싶어서요. 여기저기 돌아다니며 알아보고 있지만, 아직 마땅한 곳은 보이지 않네요. 솔직히 말씀드리면, 둘러보면 볼수록 '그 사이 마을이 너무 복잡해졌구나. 월세는 왜 이리 비쌀까?' 싶은 생각만 듭니다. 컨테이너나 비닐하우스까지도 생각해 보고 있지만 그것도 쉽지 않은 일이겠지요.

제가 원하는 조건이 좀 까다로울지 모르겠습니다. 저는 둘레에 나무들이 있고 마당도 좀 넓으며 한갓지고, 게다가 월세가 싼 데를 바라니까요, 하하! 하지만 유지하기 위한 품이 많이 들어가면 힘이 들 수밖에 없을 것 같습니다. 그래서 앞으로도 지금처럼 가는 게 맞나 아니면 새로운 형태를 고민해 봐야 하나 싶은 생각이 듭니다. 틈나는 대로 돌아다녀 보려 합니다. 개미 친구님들도 함께 알아봐 주시면 고맙겠습니다.

요사이는 하루하루가 아쉽습니다. 새로운 곳에서 새로운 마음가짐으로 이어갈 수도 있겠지만, 정든 이곳과 헤어져야 한다는 생각을 하면 더욱 그렇습니다. 출근길에 두 눈을 맞추곤 했던 지붕 위 새들과 도서관 문을 닫고 집으로 가는 길에 올려다 본 하늘, 아름답던 그 노을들은 또 얼마나 생각날까요? 저만 아는 도서관의 시간들… 너무 몰라서 용감했던 서른 일곱의 내가 마흔 둘이 되기까지 이곳에서 마음 넉넉한 이웃들과 사람답게 사는 길을 가르쳐 준 작가님들을 만나 기쁘고 행복했습니다. '어떻게 살 것인가' 낯설고 불편한 질문을 던져 준 책들, 그런 책과 사람들을 품고 조금씩 익어간 이 공간을 사랑합니다. 세상 어디와도 견줄 수 없는 여기만의 이야기를 차곡차곡 채워 나간 개미 친구들이 있었기에 공간이 차츰 따뜻하게 물들 수 있었다고 생각합니다. 함께 만든 공간이니만큼 초록 지붕에서의 마지막을 이웃들과 더불어 잘 마무리할 수 있으면 좋겠습니다. 베짱이답게 유쾌하게요!

"여기가 천국"
도서관에서, 재똥이네 모습

베짱이편지57

도서관 방학을 이틀 반납하고 문을 열었다.
날마다 더위를 피해 5쉼터를 찾아다닌다는 이웃들 소식을 들으니 마음이 편치 않았다. '도시락 싸들고 시원한 도서관으로 놀러 오세요'라는 문자를 보냈더니 정말 밥싸서 오랜만에 찾아온 개미친구님. 하루종일 있었더니 몸이 근질거리는지 노래하고 춤추며 돌아다니는 아이들에게 나는 차마 조용히 하라는 말은 못하고, "느그 안 졸리나? 잠 좀 안 잘래?" 라고만…
다른 도서관들도 사람으로 넘쳐나겠지. 여름엔 뭐니뭐니해도 도서관이 최고다. 무더운 여름도 '이 또한 지나가리라' 생각하면서…
개미친구님들 모두 건강하게 여름 나세요 ~

살아남아서 다음에 꼭 다시 만나요

고창으로 휴가를 다녀왔습니다. 참새가 방앗간을 그냥 지나칠 수 없어 고창 '책마을 해리'에 들렀다가 평택에서 세 해째 도서관을 운영하는 분을 우연히 만났습니다. 그분은 처음부터 여러 사람들과 함께 도서관을 만들었고, 책 판매 등 이런저런 수익 활동으로 도서관을 이어 간다고 하셨습니다.

요사이 저는 책방이나 도서관을 다니는 마음이 이전과는 좀 달라져서, 비슷한 일을 하는 분들에게 어떻게 꾸려 가냐고 솔직하게 물어 보았습니다. "우린 후원은 안 받고 오로지 '영리'로 유지해요."라고 하시길래, "영리가 잘 되나요?" 여쭈었습니다. "그건 좀…. 우린 지금 수익을 내야 된다고! 하면서 주위에 막 퍼뜨리고 강요하고 그래요. 하하하." 소탈한 웃음 너머 쉽지 않은 현실이 느껴졌지만, 함께하는 좋은 이웃이 있고 그 덕에 힘을 내며 하는 만큼 즐겁게 해 보려는 마음과 의지를 엿볼 수 있었습니다.

'책마을 해리' 대표님도 만나 잠깐 이야기를 나누었습니다. 무엇보다 폐교를 샀다는 점 그리고 그곳에서 책에 관한 다양한 활동으로 상상하는 많은 것들을 펼치는 듯해 한편 부러웠습니다. 하지만 역시 쉽진 않겠지요. 뜻을 품고 시작한 마음이 지치지 않아야 할 텐데 싶은 걱정이 들기도 했습니다. 내가 지금 누굴 걱정할 입장인가 싶으면서도 어려움을 맞닥뜨리고 헤치며 기꺼이 길을 걸어가는 사람들이 고맙고, 책이라는 공통분모로 만난 사람들이라 반가웠습니다.

여행길에 해리 마을과 홍동 ㅋㅋ만화방, 밝맑도서관 등 몇 군데 둘러보면서 한 가지 확인한 것은 역시 저는 책이 있는 곳, 책으로 만나는 사람들이 좋구나 하는 마음입니다. 그리고 도서관을 더 이상 운영할 수 없게 되더라도 책과 관련한 일을 하며 살고 싶다, 그 안에서 우리가 꿈꾸는 작은 세상을 이웃들과 함께 만들어 가고 싶다는 생각이 들었습니다.

짧은 만남이라 이름도 못 여쭈었습니다만, 평택에서 도서관을 운영하는 그분과 "우리 살아남아서 다음에 꼭 다시 만나요." 뜨겁게 손 맞잡으며 헤어졌습니다. 자기 자리에서 열심히 사는 사람들을 만나고 돌아오니 기운이 샘솟습니다. 비슷한 일을 하다 보면 또 만날 날 있겠지요. 고창에서 만난 아름다운 일몰과 더불어 그곳에서 만난 좋은 사람들도 오래 기억날 것 같습니다.

희망은 사람

어제는 모처럼 서울 나들이를 했습니다. 국립중앙도서관에서 김탁환 작가님 강의가 있어 참가 신청을 해 두었는데, 날이 이렇게 더울 줄이야…. 그래도 도서관 구경도 할 겸 일찍 나가면 좋겠다 싶어 아침부터 서둘렀건만, 하필 도서관이 공사 중. 강의 시간이 되려면 아직 한참 멀었는데…. 시원한 도서관 1층 로비에서 더위를 피해 나온 그 동네 사람들 틈에 끼여 책 읽다가 졸다가 했습니다.

2017년 5월, '만남 – 『엄마의 골목』과 『아름다운 그이는 사람이어라』를 중심으로'라는 제목으로 베짱이도서관에서 강의를 해 주셨던 김탁환 작가님을 일 년만에 다시 뵙네요. 강의실에서 작가님을 뵙기 앞서, 어디에선가 먼저 들린 작가님 웃음소리. 오랜만에 듣는 예의 그 사람 좋은 웃음소리가 참 반가웠습니다. 그래, 작가님도 만나고 궁금했던 『이토록 고고한 연예』 뒷이야기를 들을 수 있다면 이까짓 더위쯤이야!

평생 거지로 살았지만 조선 최고의 기부자였고, 당대 최고의 추남이자 춤꾼, 일자무식이지만 가장 지혜로운 자로 불렸던 달문. 작가님이 이 착하고 멋진 매력 만점 캐릭터를 만나고 이해하기까지, '쓸 수 없겠다'에서 '있겠다'로 마음이 바뀌기까지 그 긴 시간을 엿볼 수 있어 좋았습니다. 책을 미리 읽고 온 독자들로 꽉 찬 아담한 책방이라면 훨씬 더 많은 이야기보따리를 풀어놓으셨을 텐데 싶은 아쉬움은 있었지만요. 책이 없어 공책에 사인 받고 싶다는 사람에게 딱 잘라 안 된다며 돌려보내는 도서관 관계자들의 태도는 보기 좀 민망했습니다. 앞으로 한 십 년은 달문처럼 살아보고 싶다는 작가님 강의를 들어 놓고 말입니다. 게다가 강의 제목도 '한없이 좋은 사람' 아닌가요. 작가님은 분명 어디든 사인을 해 주셨을텐데….

이 불볕더위에 퇴촌 들어갈 길이 갑갑했는데, 시원한 자동차로 역까지 마중 나온 혜자 얼굴을 보니 '너야말로 한없이 좋은 사람'이란 생각이 절로 들었습니다. 덕분에 편하게 서울을 다녀왔습니다. 동네에 와서 도서관 앞에 잠깐 서 있으니 반가운 얼굴들이 줄줄이 지나갑니다. 모두 도서관으로 만난 좋은 친구들. 아이들 방학에다, 더위에 정신없이 이 여름을 살다 보면 곧 가을이 오겠지요. 친구 말대로 고민을 호주머니에 넣어두고 수시로 꺼내 보지만 아직 뚜렷한 답은 없습니다. 그래도 별 걱정 없이 하루하루를 보낼 수 있는 건 좋은 사람들이 곁에 있어서겠지요. 오늘도 순간순간 멈추고 앞날을 그려 봅니다. 막연한 두려움이나 지난 시간에 대한 후회나 반성보다는 '괜찮았네' 하는 마음으로 즐겁게 앞날을 떠올려 봅니다. 제가 도서관에서 조금이나마 성장할 수 있었던 이유도, 지금 이렇게 마음 놓고 베짱이일 수 있는 것도 묵묵히 함께하는 사람들 덕분임을 압니다. 그 마음에 기대어 호주머니 속 고민을 만지작거려 봅니다. '거리의 지혜, 인생의 고통, 희망은 인간이다'라고 써 주신 김탁환 작가님 사인을 한참 되뇌어 보는 어제오늘입니다.

베짱이 편지 58

요즘 내가 많이 너그러워졌다. 대출 안 되는 책을 슬쩍 빌려주기도 하고, 아이들이 도서관에서 시끄럽게 노는 것도 좀 눈감아 준다.

하루를 마감할 무렵, 아이들이 종이로 칼싸움을 했다. 알아서 '음소거' 하며 놀길래 내버려두었더니 어느 틈에 방으로 들어가는 민교와 결이. 문 닫고 한참 있는 모양새가 영 불안해서 문을 여니까 놀래서 갑자기 큰소리로 인사를 한다. "엇, 안녕하십니까!" "그래 안녕하다 임마들아~ 인자 고만 놀고 집에 가라이."

도서관에서 맨날 떠들고 장난쳐서 자주 쫓겨나던 개구쟁이들. 요새는 도서관 앞날이 어찌될지보다, 오직 놀기 위해 날마다 도서관에 '출근' 하는 이 녀석들이 어데로 갈꼬 그게 걱정이다.

책 한 권의 무게

'우리 마을 박진형 님의 서재' 전시를 하고 있습니다. 몇몇은 저도 읽은 책이라 반갑고, 이웃들 서재 전시를 할 때마다 그랬듯 이 책이 왜 좋을까 그 이야기가 무척 궁금합니다. 2014년 1월 15일, '우리 마을 이보영, 김태엽 님의 서재' 전시를 시작으로 지금껏 책을 매개로 많은 이웃을 만났습니다. 책을 누군가에게 내보인다는 건 자기를 그대로 드러내는 일일 수 있어서 한편 부담스러워 하면서도 꽤 많은 분들이 참여해 주어서 여태 잘 이어올 수 있었습니다. 한 달 서재 전시가 끝날 즈음 이웃들과 차 한잔 하면서 책 이야기를 듣기도 했는데, 돌아보면 그 시간이 참 좋았습니다. 이 활동을 꾸준히 하지 못해 아쉽구나 싶기도 하구요.

앞으로 도서관을 이어갈 수 있다면 새롭게 해 보고 싶은 일이 있습니다. 이웃들에게 '내 인생의 책' 한 권을 기증 받고 거기에 얽힌 이야기와 함께 그분의 이름을 붙인 책을 하나하나 모으는 일입니다. 저도 그렇지만, 외지인들이 대부분인 우리 마을 특성상 마을의 역사 관련 자료를 갖추어 가는 일이 생각처럼 쉽지 않았습니다. 하지만 이렇게 하면 마을 사람 이야기를 모아가는 일은 할 수 있겠구나 싶습니다. 시간이 좀 걸리겠지만 그래서 더욱 뜻이 있지 않을까, 그렇게 책꽂이 하나에 차근차근 책을 건사하다 보면 언젠가 도서관 한쪽에 '마을 서재'를 이룰 수도 있지 않을까요?

이웃들 삶에 영향을 준 책을 만나면서 책 한 권 내는 일의 무게를 생각합니다. 실은 그동안 낸 소식지를 묶어 책으로 엮는 일을 몇 달 동안 진행하고 있습니다. 과연 책으로 낼 만한 내용일까 싶어 여러모로 망설였습니다만, 베짱이도서관의 시간일 뿐 아니라 소중한 이웃들, 몇 해 사이 훌쩍 자란 동네 아이들 이야기이기도 하기에 기록으로 남겨두는 것도 의미 있는 일이다 싶습니다. 작업을 부지런히 하면 11월 안에는 나오리라 생각합니다. 이 책은 도서관을 아기자기하게 채워 간 개미 친구님들 책이기도 합니다. 덕분에 태어나 처음으로 교정지를 받아 원고를 수정하고, 책 구성을 떠올려 보는 신기한 경험을 다 해 봅니다.

베짱이도서관 에피소드 열여섯 사람책

도서관에서 마을 이웃 서재 전시를 꾸준히 연다.
책으로 사람을 만나고 싶어 시작한 일인데 꽤 흥미롭다. 책도 사람도.

도서관에서 만나는 이웃들에게서 나와 비슷한 점을 발견하면 반갑지만
오히려 참말 다르고 다양해서 재밌구나 느낄 때가 많다.
도서관에 가득한 책들처럼.

한사람 한사람 우리는 저마다 소중한 '사람책'이다.

스며들기

어제는 제가 자리를 비운 사이 어떤 분이 후원 신청서를 쓰고 가셨습니다. 거기에 적힌 "베짱이도서관의 처음 시작 뜻을 배워 갑니다."라는 말을 곰곰 생각해 봅니다. 특별히 잘하는 것도 잘난 것도 없고, 가진 거라고는 오로지 책밖에 없으니 그거라도 세상에 내놓아 볼까 했던 마음. 그래서 북카페도 책방도 아닌, 도서관이었는지도 모르겠습니다. 누구든 올 수 있고 누구나 책을 보고 빌려갈 수 있으니까요. 가난하고 수줍고 언제나 '모자란' 아이였던 저 같은 사람도요. 세상은 지금도 "너는 세상 기준에 아직 못 미치지. 그러니 더 애쓰고 더 노력해야 해."라고 말하지만, 이제는 그런 속세의 기준 '따위!'라고 생각합니다. 세상 사람 수만큼 갈래갈래 다양한 지혜와 용기를 '누구라도' 도서관에서 배우고 찾아내어 마음만 먹으면 자기 것으로 삼을 수 있다는 사실이 제게는 얼마나 큰 힘이자 위로인지요.

도서관을 둘러싸고 있는 책들을 가만히 바라보기만 해도 제 마음을 어루만져 주는구나 싶을 때가 있습니다. 이웃들에게도 그럴 수 있기를 바라지만 그런 건 억지로 되는 일이 아니겠지요. 책도 사람도 서로에게 자연스럽게 스며들어야 한다는 것을 압니다. 도서관 문을 처음 열었을 때, 사람들이 현수막이라도 만들어 홍보를 하라고 했습니다. 하지만 도서관을 야단스럽게 알리는 일은 좀 이상하지 않나 싶었습니다. '갑자기 사람들이 너무 많이 찾아오면 안되는데….'하는 말도 안되는 기우가 마음 한켠에 있었지만 그것보다는, 시간이 좀 걸려도 마을에 조용히 스며들고 싶다는 생각이 훨씬 앞섰습니다. 제가 전혀 모르는 분들인데도 새로운 도서관 자리를 알아봐 주고 연락해 오는 마을 이웃을 요사이 더러 만납니다. 개인 도서관으로 열었다 보니 모자란 점도, 사람들 기대에 못 미치는 부분도 많지만 어찌 되었든 알게 모르게 많은 분들이 관심을 기울여 주고 있구나 싶어 참 고맙습니다.

책이 사람에게, 사람과 사람이, 도서관이 사람에게 그리고 마을로 부드럽게 스며들기를 꿈꾸었다 해서 정말로 그럴 수 있는지는 모릅니다. 하지만 한 가지 확실한 건, 오늘 하루 도서관에 나가서 이웃들을 만나고, 책을 보고 정리하고 빌려 주고, 바닥을 쓸고 닦고, 남은 행사 구상을 틈틈이 하며 보내는 이런 일상을 제대로 살지 않고서는 제가 바라는 그런 이상은 절대 오지 않는다는 것입니다.

요사이 머리에 많은 걸 얹고 삽니다. 퇴촌 절골에서 둥지를 틀고 보낸 지난 시간이 헛되지 않으려면 남은 석 달도 지금까지처럼 느리지만 뚜벅뚜벅, 하루를 잘 지내야 하겠지요. '이곳에서 마무리를 잘 지어야 할 텐데'라는 마음으로 걱정이라는 이름의 욕심을 자꾸만 끌어안고 있는 건 아닌지 모르겠습니다. 고민은 좀 느긋하게 미루고, 누구를 만나든 무엇을 하든 오직 그 시간에 집중하고 싶습니다. 지금은 부지런히 머리를 굴리며 몸과 마음을 혹사시키지 말고 오히려 그 어느 때보다 더 베짱이답게 살아야 할 때이지 않을까요? 한껏 게으르고 단순하게 말입니다.

도서관을 하려고 집에 있는
책들을 다 쌓아 두었던 때.

베짱이편지 59~60합본호

아이들이 가장 사랑했던 공간을 본다.
책도 보고 숨어서 놀라고 만든 침대, 도깨비네집 어린이도서관이
문을 닫게 되어 베짱이로 온 계단.
저 계단에서 아이들은 책 읽고 노래하고
춤추고 뛰고 놀고 날고…

여덟 해를 아이들과 함께 보낸 계단은 내게 말한다.
세상에는 없어져도 절대 사라지지 않는 것이 있다고.

개미친구님들께 마지막 편지를 씁니다. <베짱이 편지>를 만들 때면 마감이 얼마 남지 않았다는 압박감도 있었지만, 이 편지를 보내고 나면 우체국에 가서 부치는 기쁨, 가끔 특별한 기념우표를 사러 멀리 광주시내까지 나가는 재미도 이제 없겠구나 생각하니 좀 서운합니다. 친구님들은 소식지 받는 즐거움이 조금이라도 있었는지 모르겠습니다. 손글씨가 눈에 잘 들어오지 않고, 복사 상태도 별로 좋지 못해서 보기도 힘드셨을 텐데요. 그럼에도 잘 받아 주시고 좋은 마음으로 봐주셔서 고맙습니다.

도서관은 11월 30일까지 하기로 했습니다. 11월 3일 음악회가 끝나면 날마다 책과 짐 정리를 해야겠지요. 지금쯤이면 대충 어떻게 할 지 감을 잡고 있어야 할 것도 같지만, '일단 음악회 끝내고 그때 가서 생각하자' 그러고 있습니다. 개미친구님 한 분이 마당에 놓고 있는 컨테이너가 있다고 해서 6개월만 빌리기로 했습니다. 거기다 책을 다치지 않게 잘 싸서 보관해 두려고요. 정리할 책, 집으로 가져갈 책, 컨테이너에 보관할 책은 한 권 한 권 보면서 가려야 할 것 같습니다. 책꽂이는 농장 비닐하우스에 갖다 놓으려고 합니다. 6개월 안에 무슨 수가 생기면 좋겠지만 그렇지 않으면 그때 가서 책과 짐을 어떻게 할 지, 어디에 주면 좋을지 고민해봐야 겠지요. 몇 해 전, 두꺼비네집 어린이도서관이 문을 닫으며 많은 책과 책꽂이가 우리 도서관으로 와서 그 뜻이 잘 이어졌듯이 그런 곳을 찾을 수 있으면 좋은 듯 합니다.

베짱이도서관에 후원하는 일이 소득공제가 되는 것도 아니고 보잘것 없는 편지 한 통 보내는 일 외에 뭐 하나 해드리는 것도 없는데 그동안 꾸준히 후원해주신 분들에게 정말 뭐라고 감사의 말씀을 드려야 할 지 모르겠습니다. 이 도서관을 같이 지켜주신 개미친구님들 덕분에 마을 아이들이 도서관에서 안전하고 건강하게 어울리며 자랐고 많은 이웃들이 함께 배우고 성장할 수 있었습니다. 고맙습니다.

도서관을 열 때 모든 것이 처음이라 다 서툴렀는데, 마무리 짓는 일도 역시 처음이라 무슨 일부터 어떻게 해야할 지 사실 잘 모르겠습니다. 그래도 "무슨 일이든 도울테니 꼭 불러줘."

라고 말하는 이웃들이 있기에 너무 걱정하진 않으려고요. 어떻게든 되겠지요!

11월 3일에는 뻐꾸장이 낭만콘서트 '오랜날 오랜밤'을 엽니다. 음악회를 하기 앞서 바깥 마당에서 이런저런 먹거리 장터를 열 예정입니다. 떡메치기 해서 같이 떡도 나눠 먹을 거니까 친구님들 오셔서 꼭 함께 하셨으면 합니다. 지난 다섯 해, 마을 아이들 몸과 마음이 훌쩍 자란 그 시간동안 뻐꾸장이도서관을 이루고 채워간 개미 친구님들 한 분 한 분이 이날의 주인공입니다.

도서관 일기 2018. 9. 30.

삶은 흐른다.

9월 마지막 날 일기를 쓴다. 오늘도 선선한 바람에, 눈부시게 빛나는 가을날이다. 앞서 지난주 목요일도 그랬다. 커다랗고 아기자기 한 구름들이 투명하게 파란 하늘에 가득 떠 있어 하늘을 참 많이도 올려다 본 하루. 산에 드리워진 구름 그림자도 그림같고. 이렇게 예쁜 날, 김찬호 선생님이 오랜만에 도서관에 오셨다. 선생님이 오시니 진짜 가을이 온 것 같았다. 시와 음악, 함께 부른 노래도 좋았고 툭툭 우리에게 던져 주신 그 질문들은 지금까지 내 마음을 흔든다. 끝나고는 가져온 반찬 한가지씩 풀어 밥을 먹었다. 추석 연휴 다음날이라 사람들 힘들까 싶어 밖에서 사먹을까 했는데 그랬으면 두고두고 후회할 뻔 했다. 늘 그랬듯, 같이 나누는 밥이 참 좋았다. 마지막으로 여는 강의인지라 뻐꾸장이 도서관답게 마무리 하고 싶었달까.

뻐꾸장이도서관 다운 게 뭘까? 얼마 전에 개미친구들 몇몇에게 물어보았는데 돌아온 답들 중에는 '자연스러움, 자발성, 서두르지 않는다' 같은 답도 있지만 '있는 그대로 받아주는 공간'이 여럿 있었다. 도서관의 성격이 처음부터 그랬다기보다 여기를 좋아 하고 찾아오는 분들의 속도와 숨, 결이 차곡차곡 쌓여 그런 거구나 싶다. 내가 이루고픈 도서관과 이웃들이 바라고 좋아 하는 도서관의 모습이 비교적 다르지 않아 그다지 큰 스트레스 없이 잘 지낼 수 있었다. 사람 때문에 마음이 부대끼고 힘들

때도 있었지만 서로 함께 나눈 좋은 기억, 이야기, 경험에 견주면 아무것도 아닐 일들.

도서관이 어떤 곳인가, 얼마나 매력 있는 공간인지, 이웃들과 더불어 무엇을 해나가면 재밌을지 이제야 조금 알 것 같은데 일단 멈추게 되어 아쉽지만 무슨 일이든 쉼이 있어야 더 좋은 기운으로 나아갈 수 있으리라 믿는다. 아무 일도 일어나지 않았더라면 나는 아마 계속 했겠지만 이런 일이 생길 때는 다 이유가 있을 것이다. 내내 무언가를 해나가고 알리고 구상하던 일을 멈추면 어떤 기분일지 지금은 상상이 잘 안되지만 한편 홀가분한 마음도 들 것 같다. 모든 걸 내려놓고 쉬기에 겨울은 그 어느 때보다 좋은 계절이기도 하고. 어디가 되었든 여행은 꼭 다녀와야지.

내일이면 시월이다. '도서관 일기'가 아니라 이제 '일상 일기'를 쓸 날이 곧 오겠구나. 삶은 여전히 흐른다. 내가 어떤 일을 하고 누구를 만나든. 앞으로 어떤 삶을 살게 되더라도 이곳에서 이웃들과 함께 배우고 깨달은 것들이 소중한 씨앗이 되어 다시 이어지길. 아… 그런데 사람들이 많이 보고싶을 것 같긴 하다. 도서관에 오는 말썽쟁이들도. "안에서 그래 뛰어놀고 시끄럽게 하지 말고 나가서 뛰어놀아라 이놈들아" 소리치던 시간들과, 가끔 몰래 놓고 가던 개미친구들의 편지와 살갑고 다정한 그 마음들도. 생각하니까 벌써 그립다. 우짜지? …

도서관 소식!

11월 3일, 베짱이 낭만콘서트 '오랜날 오랜밤'
- 저녁 7시~9시.

5시부터 도서관 마당에서 먹거리 장터를 엽니다. 장터에 함께 하고 싶은 분들은 누구라도 환영입니다. 혹시 그때 제 책이 나오면 조촐하게 출판 기념회를 같이 할 지도 모르겠습니다. 날짜가 다가오면 문자로 다시 공지하겠습니다.

음악회 하는 동안 김수박 작가님께서 '화내기 없기 캐리커쳐 쇼'를 하십니다. 이 날을 위해 멀리서 와주시는 작가님, 정말 고맙습니다!

후원금 통장은 11월에 제가 은행 가서 해지하겠습니다. 그렇게 하면 자동이체도 한꺼번에 취소되니 개미친구님들께서는 신경쓰지 않으셔도 되겠습니다. 잡지 후원해주고 계신 분들은 잡지사에 연락해서 해지 신청 해주시길 부탁드립니다. 제가 따로 한 번 전화드리겠습니다.

고맙고 죄송합니다……

이제 우리는 어떻게 되는거야?
나는 여기온지 한 달도 안되었는데 ...
힘들때도 있었지만 난 그래도 아이들이 제일 보고싶은거 같아.
쉿~. 계속 이럴거면 집에 가자.
우짜노 ...
싫어. 으앙!
아이들이 우리를 기억이나 할까?
에이 재미없어.
휙
드르륵~

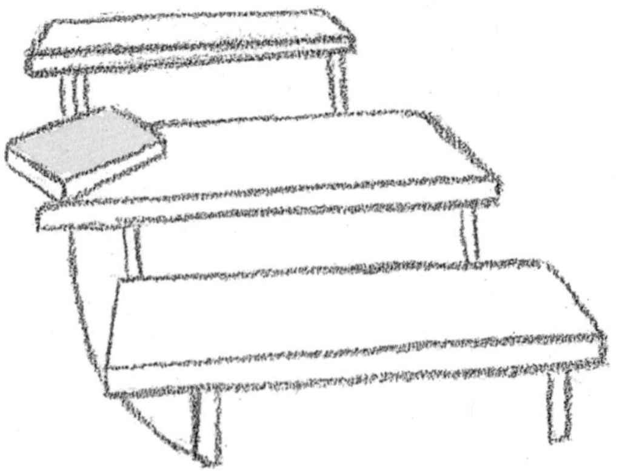

여기가
도서관이야.

서재도서관 책읽는 베짱이를 지켜주신
고마운 개미친구님들입니다.

두레

최종규

내가 마시는 물은
내가 먹는 밥은
내가 누리는 바람은
내가 사는 집은

벌레 새 물고기 짐승 개구리
풀 나무 돌 꽃 흙 모래
여기에 하늘 해 비 별
모두 어우러져서 태어나

내가 읽은 책도
내가 쓰는 연필도
내가 입는 옷도
모두 이와 같을 테지

다 함께 마음을 모아
서로서로 뜻을 모두어
싹싹하면서 다부진 손길로
한마당 한숲 한사랑 되는 두레야

후기

2013년 8월, 처음 도서관 자리를 보러 왔을 때가 생각납니다. 예쁜 초록 지붕 집과 널찍한 마당, 지나가는 사람들 누구나 쉬었다 갈 수 있게 마당에 놓인 탁자들 위로 넓게 가지를 드리운 등나무, 담쟁이가 아기자기하게 올라간 바위, 그 옆에 느티나무… 안으로 들어가 보기도 전에 딱 '여기다' 싶었습니다. 옛날 마을회관 자리였다고 하더니, 그래서인지 왠지 이야기가 쌓인 듯한 느낌이 따듯하고 좋았습니다.

태어나 처음으로 계약서에 제 이름으로 사인을 하고, 2013년 11월 8일 베짱이도서관 문을 열었습니다. 집에 쏟아부어 놓았던 책들을 끈으로 묶어 옮기며 이웃들과 함께 텅 빈 공간에 한 권 한 권 채워 나갔습니다. 책꽂이며 도서관에 필요한 물품들은 집에서 가져온 것, 이웃들이 기증한 것, 새로 산 것… 그래서 모양도 색깔도 제각각이었지만, 그렇게 채워진 공간을 둘러보며 도서관은 누군가와 '함께하는 공간이구나'라는 걸 어렴풋이 느낀 첫 순간. "월세는 어떻게 낼 거야? 곧 겨울이라 난방비도 많이 나올 텐데 대책은 있어?" 이웃들이 걱정스레 묻는 말에 제대로 대답할 수 있는 게 하나도 없었습니다. 베짱이도서관에 누가 찾아올지, 어떤 일이 일어날지 아무 것도 몰랐습니다. 도서관은 책을 빌리고 반납하는 곳인 줄로만 알았던 그때는요.

도서관은 많은 사람이 오가는 공간이니 운영 시간부터 책 대출과 반납까지 작은 것 하나하나 원칙을 생각하고 고민하며 정하는 데 시행착오가 많았습니다. 도서관을 이용하는 분들에게 초점을 맞추면 몸이 힘들고, 놀기 좋아하는 저에게 맞추면 마음이 힘든 지점들이 있었습니다. 서재 도서관은 공공 도서관과 달라서 불편한 부분들도 있겠지만, 도서관 철학이 뚜렷하거나 봉사 정신이 투철한 사람이 아닌, '나처럼 보통 사람이 운영하는 도서관이구나. 만약 내가 도서관을 운영한다면?'이란 생각을 오는 분들이 한번쯤 해 주길 바라면서 원칙을 정해 나갔습니다. '이래 하는 게 맞나? 아닌가?' 싶을 때마다 '내처럼 맨날 자유, 자유 외치는 사람이 우짜다가 동네에 '도서관'이란 것을 만들어 갖고 이런 고민을 사서 하고 앉았노.' 같은 생각이 들기도 했습니다. 그러다 도서관에서 하고 싶은 일들을 기획하고 상상하는 것도 자유지만, 스스로 생각하고 정한 것들을 지켜 나가는 일 또한 자유라는 걸 문득 깨달았습니다. 애쓰고 노력

한 그 시간들이 물론 쉽지만은 않았습니다. 그래도 베짱이도서관을 하기 전의 나보다는, 어려움을 부딪치고 견딜 줄도 아는 지금의 내가 조금 더 좋습니다.

누군가 책을 빌려 가던 순간, 40여 년 굳은 생각이 책모임을 하면서 바뀌던 순간, 이웃들과 머리 맞대고 '이런 거 해 보면 진짜 재밌지 않을까?' 하던 순간, 행사를 준비하고 진행하면서 다함께 웃던 순간들…. 그냥 순수한 기쁨이지 않을까 싶은 순간들이 베짱이도서관을 이루어 준 것 같습니다. '좋은 일보다는 고민거리, 힘든 일이 더 자주 찾아오는 게 삶일까?' 싶을 만큼 저도, 제 이웃들도 각자의 무게를 안고 사는구나 싶지만, '그냥' 즐겁고 '그냥' 기쁜 순간을 일상에서 종종 만나며 사는 것만으로 상쇄되어지는 무언가가 분명 있는 것 같습니다. 이유를 알 수 없는 그 '그냥'들이 진짜이지 않을까 싶기도 하구요.

베짱이도서관은 제게 쉼터를 넘어서 '숨터'였습니다. 쉼터는 마음만 먹으면 얼마든지 찾을 수 있겠지만, 숨터를 만나기는 쉽지 않은 일이라 생각합니다. 하지만 누군가에게 숨터가 필요하다면, 그 어디보다 '도서관이야말로 그런 곳이다' 라고 저는 감히 말씀드리고 싶습니다. 책을 만나러 온 좋은 친구를 알아가고, 책과 더불어 함께 '숨쉬고픈 삶의 길'을 스스로 또 같이 찾아갈 수 있는 곳.

달마다 A4 빈 종이에 부족한 글과 그림으로 도서관 소식지 '베짱이 편지'를 만들어 후원해 주시는 개미 친구님들께 부쳤습니다. 보낼 때마다 마음이 무거워지곤 했습니다. '이 부족하고 부끄러운 글과 그림을 복사해서 집집마다 부치기까지 하다니!' 그런데 심지어 그 편지들을 엮어 '책'으로 내놓다니요. 처음에는 말도 안 되는 일이라 생각했습니다. 하지만 소식지 안에 담긴 이야기들은 베짱이도서관을 이루어 간 많은 사람들의 이야기라서 한편으로 제 마음대로 할 수 없는 노릇이라 여겼습니다. 도서관에서 만난 귀한 이야기들을, 제 표현이 모자라서 잘 전하거나 제대로 옮기지 못했습니다.

그럼에도 책으로 내자 해 주시고, 과정에서 새로운 기쁨을 알게 해 준 홍동 그물코출판사 장은성 대표님께 고맙습니다. 처음부터 지금껏 도서관과 함께했기에 그 어떤 곳보다 '베짱이 이야기'를 잘 아는 그물코가 이 책을 내주어 저는 참 좋습니다. 부족한 제 글들을 봐주느라 밤낮으로 애쓰신 김수진 편집장님께도 고맙습니다. 책을 핑계로 다정하고 따듯한 언니의 목소리를 듣고 싶어 제가 자꾸만 전화했던 건 모르셨지요?

추천의 글을 써 주신 김찬호 선생님, 김탁환 작가님, 이제니 작가님, 김수박 작가님. 보통 사람이 쓴, 그래서 이래저래 많이 서툰 사람의 책에 추천의 글을 써 주시는 건 작가님들 생에 처음 있는 일일 것입니다. 그럼에도 흔쾌히 마음을 내어 주신 네 분의 작가님께 머리 숙여 감사의 인사를 올립니다. 도서관과 좋은 인연으로 만나 그동안의 이야기를 잘 아시는, 좋아하고 존경하는 네 분께 추천의 글을 받을 수 있어 행복하면서도 그래서 더욱 죄송한 마음이 큽니다.

평소 도서관 운영에 대한 조언을 아끼지 않으시고, 책 출간을 맞이하여 베짱이도서관에 부치는 시를 보내주신 사전 짓는 책숲집 최종규 관장님께 감사드립니다.

집안일이 있을 때마다 "나는 직장인이라고!" 큰소리치며 빠져나가기 좋아하는 철없는 엄마 곁에서 참고 기다리며 많이 도와 준 아들 승표와 딸 지인, 보이지 않는 곳에서 그 누구보다 애써 준 남편 유상준에게 고맙습니다. 멀리서 날마다 저를 위해 기도해 주시는 엄마, 아버지 사랑합니다.

어설프고 모자란 점투성이인 제가 도서관을 잘 이어올 수 있었던 건 모두 개미 친구님들 덕입니다. 평생 할 '고맙다'는 말을 도서관 다섯 해 동안 다하지 않았을까 싶을 만큼 신세 지고 도움 많이 받았습니다. 정말 고맙습니다.

도서관 문 열고 얼마 안 되어 그림책 문화 공간 '노리'에 갔을 때 함께 하는 이웃들 가득한 모습을 보며 '내게도 언젠가 이런 이웃들이 생길까?' 부러워하던 기억이 납니다. 돌이켜 보니, 차츰차츰 베짱이도서관으로 찾아온 좋은 사람들이 떠오르면서 '이건 기적이다' 싶은 생각이 들었습니다. 사람들을 모이게 하고 서로 마음을 나누며 연대하게 하는 힘, 그런 힘을 품은 도서관이 이룬 기적. 어쩌면 이 책으로 새로운 만남과 인연이 이어질 수도 있지 않을까요?

쓰고 보니 말주변도 없지만 글솜씨도 마찬가지구나 싶습니다. 읽어 주신 독자 여러분께 진심으로 고맙습니다.

2018년 11월

박소영

박소영

경남 마산에서 엄마가 들려주는 이야기, 아버지가 불러주는 노랫소리를 듣고 자랐다. 갱상도 표준어를 쓰고 산다. 책 읽고 글 쓰고 그림 그리고 악기 연주를 즐긴다. 1급 피아노 조율사이기도 하고 남편 유상준이 쓴『풀꽃편지』에 그림도 그렸다. 책방과 도서관을 보면 정신을 못 차린다. 풀 냄새 나는 사람, 착하고 재밌는 사람을 사랑한다. 혼자서도 잘 놀지만 좋은 사람들과 함께 노는 것을 더 좋아한다. 진지한 순간에 웃음을 못 참고, 남의 결혼식이나 졸업식 가면 잘 운다. 식당에서 메뉴 정할 때는 오래 고민하면서 큰일은 생각 없이 잘 저지른다. 그 연장선으로 2013년 11월, 경기도 광주 퇴촌면에 '서재도서관 책읽는베짱이'를 열었다. 베짱이도서관에 오는 사람들은 '관장님'이 아니라 '베짱이'라 부른다. '베짱이' 이름 덕을 톡톡히 보며 산다. 수줍음을 많이 타지만, 언젠가 직접 지은 노래로 기타 치면서 버스킹 하는 게 꿈.

blog.naver.com/tosil0113

www.facebook.com/soyoungbe

어서오세요 베짱이도서관입니다

1판 1쇄 펴낸날 2018년 11월 10일

지은이 박소영
펴낸이 장은성
편집인 김수진
인 쇄 대덕인쇄
제 본 자현제책

출판등록일 2001.5.29(제10-2156호)
주소 (350-811) 충남 홍성군 홍동면 광금남로 658-8
전화 041-631-3914 전송 041-631-3924
전자우편 network7@naver.com 누리집 cafe.naver.com/gmulko

ISBN 979-11-88375-15-8 03800 값 17,000원